Tusitala de óbitos

Lola Ancira

Tusitala de óbitos

Lola Ancira

Tusitala de óbitos

® Lola Ancira, 2013

® Fondo Blanco Editorial, 2023
ISBN: 978-607-99146-5-3

Ilustración de portada: Miranda Guerrero
Diseño: Carabel
Cuidado de la edición: Lizette Cisneros

www.fondoblancoeditorial.com
contacto@fondoblancoeditorial.com
edfondoblanco@gmail.com

Impreso y hecho en México.

A mis padres, por existir.

*En memoria de aquellos que se fueron,
estén donde estén.*

Dédalo

It was a spectral hippopotamus.

«Fly at once!», he said. «All is discove-
red».[1]

Edward Gorey

Desde sus primeros recuerdos, Nat siempre había estado allí. Sólo estaba al tanto de que alguien ya había vivido su suerte y de que existía cierto encanto escondido en el aislamiento obligatorio.

Después de algunos años, logró aprender a moverse sin dificultad en su hogar, que estaba formado por infinitos pasillos, recámaras idénticas y pasadizos que acortaban las distancias y agrandaban la incertidumbre. Todo en aquel lugar estaba repetido hasta el cansancio, pero había algo que sí contaba con un número: las puertas, que eran catorce. Todas eran del mismo color, tenían los mismos acabados y eran de la misma madera, por lo que no había manera de suponer qué se encontraría de-

[1] Fragmento de «*The admonitory hippopotamus: or, Angelica and Sneezby*».

trás de cada una, o la importancia del lugar al que abrirían camino. Hasta entonces, todas las puertas habían permanecido cerradas.

Sin mayores distracciones, la mayor parte de su tiempo lo dedicaba a recorrer su hogar, donde, a pesar de no haber un solo espejo, la realidad actuaba a modo de ilusión óptica del más alto grado, multiplicándose y confundiendo el tiempo, avanzando del presente al pasado o mezclando sueños lúcidos con la realidad, tejiendo acontecimientos atemporales; modificando, con fisuras y cortes, la línea del tiempo de la permanencia.

La primera vez que vio al hipopótamo se sorprendió, pero fue más grande el sentimiento de dicha al saber que no estaba sola. Ocurrió cuando caminaba sobre una de las paredes más delgadas y estuvo a punto de caer; en ese preciso momento escuchó: «¡Vuela de una vez! ¡Todo está descubierto!», y a unos cuantos metros distinguió una figura grande, pesada y gris, pero pudo sujetarse del muro a tiempo; se levantó de nuevo y caminó con cuidado hasta un lugar seguro. Buscó al hipopótamo, mas no logró verlo de nuevo.

No volvió a saber de él hasta otra ocasión en que, danzando por un pasillo, tuvo el extraño deseo de saltar vertiginosamente por las escaleras que conducían cuatro pisos abajo. Al tocar el primer escalón, escuchó al hipopótamo de nuevo, esta vez apareció justo a su lado: «¡Vuela de una vez! ¡Todo está descubierto!»; fue cuando se detuvo en seco, perdiendo un poco el equilibrio, pero sentándose de inmediato, para evitar el mortal descenso.

Otro acontecimiento importante en su vacía y solitaria existencia fue cuando escuchó por primera vez una extraña campanilla sonando. Tuvo la suficiente curiosidad para acercarse al lugar de donde procedía aquel misterioso sonido, que exigía atención. Encontró un ser humano, después otro y, finalmente, otro más, pero siempre un par de años más jóvenes que ella. Todos hablaban precipitadamente y al mismo tiempo, por lo que se creó una confusión tal que Nat no pudo más que correr, pues no soportaba los llantos y los gritos de los extraños, a la vez que no entendía una palabra de lo que decían.

Después de unos días (incluso, hubo una ocasión en que pasaron semanas), encontraba los cadáveres tirados y en diferente estado de descomposición. Le gustaba rellenarlos con hojas, y había tal cantidad de flores, hierbas y pastizal en el jardín central, que con ello era más que suficiente para cubrir los fétidos olores. Tenía una relación con la muerte más allá del temor y el asco, era un vínculo cordial y de entendimiento, incluso de cariño.

Con los cadáveres ataviados de flores, formaba diferentes figuras en el más amplio de los jardines, cambiando los ornamentos cada que se secaban las flores, hasta que los esqueletos no necesitaban más perfumes y quedaban al descubierto, mostrando sus blanquecinas estructuras a los fúlgidos rayos del sol, a la mortecina luz de la luna y a los nostálgicos e inofensivos ojos de Nat.

El jardín, compuesto por varias especies de flora y ataviado con estructuras óseas, era el lugar donde ella mejor se encontraba, pues podía ver distintos entes etéreos pululando a través de la única extensión con vida en aquel lugar, y sentirlos cerca, tan cerca que podía pasar su mano a través de ellos, comparables con los recuerdos más nítidos que se manifiestan en sueños, una realidad alterna que se vive en otra dimensión y que es preferible o ínfima, pero, en cualquier caso, extremista. Lo más excepcional era que, cuando esto pasaba, podía ver al hipopótamo interactuando con ellos, no de la misma forma que ella lo hacía, sino de manera real, física. Y escuchaba siempre las mismas palabras: «¡Vuela de una vez! ¡Todo está descubierto!»...

«¡Vuela de una vez! ¡Todo está descubierto!».

La segunda vez que sonó la campanilla, años después, ya tenía cierta idea de lo que ocurriría. Ahora decidió buscar a las personas y pasar un tiempo con ellas, antes de que perdieran la energía y fueran muñecos de huesos despojándose de su piel y de su carne.

Extrañamente, su energía aumentaba cuando estaba cerca de ellos; la desesperación que sufrían y la avidez que experimentaban por salir de ese lugar, o cualquier otro tipo de acción que demostrara energía fluyendo de sus cuerpos, alimentaba alguna parte de Nat y le daba una fuerza interna desconocida, y era cuando mejor se sentía. Lo contrario le ocurría a los seres humanos, quienes perdían más vitalidad cuando ella estaba cerca y se volvían pesimistas extenuados.

Lo inevitable sucedió de nuevo y todos fallecieron. Las estructuras del jardín se modificaron y crecieron, los fantasmas se multiplicaron y Nat desarrolló un estado permanente de funesta soledad.

Ahora tenía veintiocho años y había recibido ya la visita de un tercer grupo, tras escuchar el sonido de la campanilla, con el mismo intervalo de tiempo entre los dos grupos de visitantes anteriores. Con este conjunto pasó algo que jamás pudo prever: estaban acompañados por un ente que no era humano ni emitía sonido alguno y ostentaba, sobre el rostro, catorce llaves de diferentes tamaños y colores.

Al perecer todos y seguir el acostumbrado ritual de las flores, las osamentas y el jardín, el autómata de las llaves quedó de pie en el mismo lugar donde se plantó desde su llegada. Nat lo observó durante días y, misteriosamente, a su lado siempre aparecía el hipopótamo, diciendo sus únicas palabras: «¡Vuela de una vez! ¡Todo está descubierto!».

El autómata, que no tenía una vida finita como la de los seres humanos, estaba rodeado por una atmósfera de perpetuidad envidiable y de seguridad ante los errores biológicos, que le generaban a Nat una inmensa envidia y rabia.

Cierto día, dispuesta a volar, tomó la decisión. Cogió una llave y se dirigió a una de las puertas más alejadas. Estando ya muy cerca de ésta, sin ningún problema introdujo la llave en el picaporte y la abrió, pero para su sorpresa se encontró con un cuarto como ya había visto con anterioridad y siguió su camino. Había más pasadizos y túneles que, finalmente, terminaban en el jardín que ella misma había contribuido a edificar.

Intentó abrir otra puerta con la misma llave, pero fue en vano: no tardó en descubrir que cada llave correspondía a cada una de las puertas. Utilizó trece de ellas, abrió igual número de puertas y trece veces terminó en el patio.

Finalmente, decidió probar suerte con la última llave en la puerta más alejada, que por impaciencia había ignorado, aunque también por el hecho de saber que no habría un regreso posible.

Nat tomó la llave y se dirigió hacia esa puerta, sin pensarlo dos veces. No estaba dispuesta a esperar una cuarta ronda de visitantes condenados a morir, así que abrió el acceso y entró. No pasó ni un segundo cuando escuchó, tras ella, que la puerta se había cerrado de forma abrupta, pero decidió no mirar y seguir adelante. Se hallaba en una especie de túnel que iba hacia abajo y terminaba en una madriguera que bien podía albergar las ilusiones de toda una vida.

Se recostó, esperando lo que, estaba segura, vendría, y por última vez escuchó: «¡Vuela de una vez! ¡Todo está descubierto!». Se esforzó por buscarlo, pero en la oscuridad todo se confundía, formando extrañas y huidizas figuras no reconocibles. Fue entonces que decidió cerrar los ojos para disponerse a volar.

Cuando los abrió de nuevo, estaba sobre la espalda del hipopótamo, alejándose de aquel laberinto, adentrándose más en su caos interior, pues, finalmente, percibió que había estado habitando una parte creada por ella misma, un fragmento de su mente expuesto a la objetividad y que, por lo mismo, se volvía muy confuso. Los cadáveres eran restos de ideas que se habían introducido en su mente; salía del letargo diez años después y todo era negro. Su salvación consistía en quedarse sobre el paquidermo, continuar hasta otro laberinto, hasta otra intersección donde poder crearlo todo y perderse en la divergencia de sus designios, hasta olvidar el interés místico por la necesidad de no-existir.

A Adriana y Oliver

*[...] humildemente busca la muerte
como quien busca el sueño.*

J. L. Borges

Existe un mal que afecta a la especie humana desde hace pocos siglos. Es originario de Persia, resultó más evidente y común en Occidente a principios de 1900, cuando se presentó un foco de contagio del primer brote actual en Inglaterra.

El mal se fue generalizando hasta perjudicar casi en su totalidad a la población mundial. Son escasas las personas que se libraron de esta intangible afección, ahora tan usual, pero nunca han logrado sobrevivir más de tres o cuatro días, tras lo cual perecen por locura.

Se ha descubierto un patrón clínico común tras realizar investigaciones en los pacientes voluntarios: el somnífero trabaja al contacto con la piel y, después de transcurrido el tiempo apropiado, comienza a actuar sobre el cerebro del individuo.

En general, es una intoxicación muy ligera, casi imperceptible, por la cual las personas van cayendo en diferentes estados de inconsciencia que, conforme pasan las horas, se vuelven cada vez más profundos.

Uno de los primeros síntomas, en los individuos afectados por este mal, son las alucinaciones que se padecen durante el proceso del envenenamiento, pudiendo darse en algún momento en específico o, en peores casos, durante toda la inoculación del veneno en su organismo, que oscila entre diez minutos y nueve horas o más (en los casos graves).

Estas alucinaciones, oportunamente, han recibido el nombre de *sueños*. La palabra *sueño* tiene su origen en la raíz latina *somnus*, conservada ésta en el cultismo *somnífero*. Los sueños se generan por la acción del tósigo, que deja en un estado generalizado de reposo al organismo, lo que conlleva, inevitablemente, a una reducción de sus acciones fisiológicas.

Estos sueños van creando telarañas de imágenes, aunando realidad con fantasía que, para formar parte del consciente, sólo pueden regresar en forma de una vorágine de imágenes procedentes del recuerdo y que, de no ser debidamente documentadas, desaparecerán en un lapso máximo de dos horas.

Recientes estudios en pacientes afectados durante toda su vida han revelado que los sueños, generados gracias al somnífero suministrado en este raro padecimiento, son el resultado de una recopilación de información importante, así como de recuerdos (positivos y negativos), traumas, deseos y anhelos, expectativas del futuro, miedos, así como muchas otras sensaciones y vivencias que son consecuencias de las impresiones emocionales formadas por el trabajo cerebral, las cuales se crean para afrontar exitosamente la vida diaria del ser humano.

El principal efecto de esta epidemia, sobre la mente de los seres humanos, es una especie de evasión de la realidad para el inconsciente, lo que deja abierto un mundo alterno repleto de las posibilidades más dislates y que, en la vigilia fatalista, es muy usual que acosen a su creador.

En general, este padecimiento se ha asociado con diferentes enfermedades del dormir que pueden ser mortales o causantes de diversos trastornos mentales. Dichos padecimientos pueden ser la apnea, el insomnio familiar fatal, las alucinaciones portentosas o el síndrome de la cabeza explosiva.

Una de las principales teorías es que este mal reside en las diferentes prendas que utilizan las personas para vestir en casa durante las noches. Lo que se tiene registrado es que el trastorno va empeorando en las personas conforme sus prendas para dormir (usualmente llamadas *pijamas*) reciben un trato brusco o de desprecio. Las personas que les dan los cuidados necesarios a sus pijamas se ven menos afectadas por los padecimientos que las que no lo hacen.

Asimismo, otro factor para el empeoramiento se da en pacientes adultos y en personas no adeptas al cuidado personal, pues esto deriva en la despreocupación por sus pijamas. Estas prendas para dormir humanos, con efectos alienantes, desmedradas por ciclos de lavados fuertes para pijamas hechas con telas delicadas, por el uso de jabón de baja calidad, falta de suavizante para prendas, carencia de algún botón(es) o cierre(es), resortes flojos o por no zurcir algún desgarre pequeño o considerable, son las principales causas de intoxicaciones severas que, generalmente, culminan con la muerte del portador o deja a los sobrevivientes en un estado de somnolencia eterna.

El muro de granito que divide la realidad del sueño se vuelve tan endeble que, finalmente, termina por desmoronarse en fragmentos de cordura que, después de perderse en la inmensidad del universo especulativo, expiran en la misma órbita de los pensamientos depurados.

Los sueños de algunos son la realidad de otros, y la confusión puede ser tan grande que estas letras formarían parte del inconsciente que está siendo liberado durante un sueño.

Como Borges lo afirmó, Schopenhauer y Berkeley no estaban equivocados al afirmar que la vida es el resultado del inextinguible trabajo creativo de la mente.

Permanencia

Puedes abrir con un suspiro la puerta
que haya cerrado el huracán.

Huidobro

Instintivamente, mi cerebro no tarda en reconocer el sonido monótono del despertador. Me levanto y, mecánicamente, realizo todas las actividades que esperan, en turno sucesivo, su ejecución, como severos dirigentes de la vida diaria.

Existencias erráticas intentando encontrarse dentro de un mundo donde la razón no tiene cabida y la desolación ataca sistemáticamente lo anhelado.

Por más problemas que pueda presentar la realidad externa, en este fragmento del mundo, donde por decisiones propias más que por azares del destino me encuentro, jamás existirá el miedo a la incertidumbre de tu mente.

A una distancia tan corta, pero siempre tan distante, como si una fractura hubiera aparecido repentinamente en esta depresión del único fragmento de tierra habitable, todos los caminos posibles son bloqueados, esperando se abran nuevos, con la finalidad de un omnipotente reencuentro.

El segundo en despertar es la sombra mecánica del otro, pero, al contrario de mi espectro opaco y triste, tu sombra cromática atrapa más esencia vital que la figura que la precede.

Profecías aparentemente malévolas que, invariablemente, terminan ganando sobre los augurios celestiales.

En cuanto a la conversación, la fuerza de tus palabras tiene un efecto tal que lo que resta de las mías se escucha como un eco lejano, producido en lo más profundo de mi caja torácica.

La muerte es la única que aguarda, supremamente todos ceden a respuestas inconclusas, a ilusiones magnéticas, a esperanzas superfluas, promesas inadecuadas, juramentos ineludibles... A toda esa palabrería maltrecha en un mundo que se sostiene por hechos.

Cruzamos en un punto del pequeño pasillo y buscas mi rostro. El asombro es mutuo, pues lo distinto de nuestros cuerpos se hace presente: tú eres un ente físico y yo una esencia. Pensativa, regresas a recostarte y esperas a que mi devastado fantasma vuelva a ser uno con el cuerpo.

Criaturas trashumantes sobrevolando paisajes secos de denuedos, horizontes desamparados de utopías e ilusiones abandonadas a la intemperie.

Me rompí el corazón para despedazar el miedo de no tenerte, agredí directamente aquello que más me atemorizaba y no sobreviví. Ahora esta transición es mucho más complicada de lo que pensé que era la vida.

Parametrizables que, sin articulaciones ni sentidos, son la principal razón para existir.

¿Cuánto tiempo más podrás estar aquí, sobre la cama, sin alterar la calma que ha creado la espontánea despedida? ¿Cuánto tiempo más crees que podemos engañar a la realidad?

Y la apnea obstructiva se adhiere sin beneplácito alguno, pero sabiendo de antemano que las ba-

tallas no son sino tentativas de los vencidos para alterar lo inalterable.

¿Acaso esta vez será para siempre? Ese «para siempre» imposible de crear con nuestro tiempo exiguo.

9 192 631 770

Podríamos, por otra parte, ser la conjunción de sueños que están siendo soñados por seres diversos en diferentes lugares del mundo. Somos el sueño de otro, ¿por qué no? O una mentira.

Salvador Elizondo

«¿Se puede modificar el destino?», fue la pregunta con la que despertó ese día. El olor de un desayuno opulento comenzaba a impregnarse en su nariz, como el aroma a formol que precede a una autopsia. En realidad, la disección que se estaba preparando aquí era la de su propia vida, partiendo de su yo interno y desde un punto de vista metafísico, desde la máxima aproximación filosófica que pudiera tener la mentalidad de un abogado de Baker & McKenzie.

En seguida llegaron hasta él los gritos de sus dos pequeños, que jugaban en el pasillo, distorsionándose a tal grado que semejaban aullidos de lobos y chillidos de hienas carroñeras que a veces reían, seguramente de él.

Una sensación de sopor estaba modificando el contexto y volviéndolo nuboso, era el vapor que salía por la puerta abierta del baño, que comenzaba a irritar sus ojos y que lo llevó a pensar en estar bajo el efecto de gas lacrimógeno, pues ante su vista, poco a poco, todo iba perdiendo textura y forma, hasta dejarlo rodeado de gasas hechas con tela de araña frente a la sorpresa mental y desesperación repentina de un ser humano con vista de 20/20.

Sintiéndose obligado a cerrar los párpados y todos sus sentidos ante el mórbido espectáculo que representaba el comienzo de otro día común, aterrorizado, optó por volver a dormir.

A los pocos minutos, asistía a la grabación de un velorio, siendo sus ojos la única cámara de video presente e invisible en una película de cine mudo, por lo que el sentido de la vista era el único que tenía un papel principal. Había cuatro féretros en el centro, que estaban rodeados por familiares y gente que jamás había visto. Con el temor de quien tiene la certeza de una desgracia, se acercó para corroborar si su cadáver se encontraba en uno de ellos. Se vio a sí mismo en uno de los ataúdes y la sorpresa creció cuando se dio cuenta de que en los demás féretros no había cuerpos, sino cabezas. Cada uno poseía quince testas de diferentes dimensiones, colores, formas, operaciones, presunciones, posibilidades, mentiras, engaños y potenciales. También pudo notar que había tanto cabezas conocidas como anónimas. Contabilizó un total de cuarenta y seis cadáveres, o mejor dicho, un cadáver y cuarenta y cinco cabezas que representaban a sus respectivos cadáveres. Fue entonces cuando empezó a percibir palabras sueltas, que no contenían un significado específico, pues no formaban parte de oraciones y, por lo tanto, podían tener diferentes interpretaciones. Pero esas palabras solitarias comenzaban a tener los acompañantes suficientes para crear enunciados y todo construyó una historia lógica.

Llegaron hasta él cuatro frases que fueron el puente para la siguiente escena en su película mental que transcurría en el inconsciente:

—Tuvo que ser así, el único culpable fue el destino.

—De no haber salido por la noche, nada habría ocurrido.

—Dios obra en caminos misteriosos, son más felices ahora que no sufren lo que nosotros, los vivos.

—Hubiera sido una desgracia más grande que los pequeños quedaran huérfanos, al menos han partido juntos.

Hubo un cambio repentino de escenario y ahora la videocámara-cabeza estaba en un restaurante, justo en la entrada, mientras él esperaba junto al *valet parking*. Una demora de cuatro minutos por los niños y su esposa atrasó la partida. Cuarenta segundos después se dirigían los cuatro, dentro del Bentley, a su hogar.

Blackout de algunos segundos, para aparecer ahora dentro del vehículo, desde la parte trasera. Era el intermedio de una discusión marital fuerte, que debió cesar por la presencia de los infantes. Ella volteando hacia la ventana, en un mar de pensamientos desastrosos y viendo las escasas luces aparecer furtivamente. Él, con la mirada fija hacia el frente y ambas manos tensas en el volante, tratando de enfocarse en el camino como si de ello dependiera su vida. Y es que, en realidad, así era.

Uno de los niños se puso de pie dentro del auto, justo detrás del asiento del conductor. En seguida, colocó rápidamente sus pequeñas manos sobre los ojos de su padre, quien al instante, como único recurso inmediato que encontró, giró el volante de forma abrupta hacia la izquierda, dos segundos antes de que un autobús repleto de pasajeros pasara exactamente por ese sitio.

El movimiento hizo que todos voltearan en dirección al lugar donde ahora se dirigían, y al unísono se escucharon los gritos de la madre y el otro pequeño, mientras el iniciador del juego soltaba una carcajada.

Al siguiente segundo, abrió los ojos estrepitosamente y logró darse cuenta, con un gran alivio, que estaba en casa, iniciando un lunes como cualquier otro.

Los días pasaron y la rutina se cumplía con precisión de reloj suizo. Durante varias jornadas, por la tarde, el recuerdo de algunas partes de aquel sueño eran recurrentes, sobre todo la parte final, que se desarrollaba dentro del auto. Llegó a preguntarse qué ocurriría después de los gritos si no despertara en ese preciso momento. Tan grande era su duda que lo comentó con su esposa, quien hacía unos meses se había involucrado en la sabiduría mística junto con sus amigas: señoras con quienes recibía pláticas, los jueves, de un maestro asceta de reciente ingreso en su club deportivo, además de jugar con ellas al tenis los viernes por las tardes.

Como toda respuesta, ella se quedó pensativa un momento y después le dijo a su marido: «Uno jamás sueña que muere, porque si uno muere en los sueños, tu cuerpo diurno se paraliza; si uno ve sucumbir su existencia en el mundo de los que duermen, un paro cardíaco te iguala y te mueres y te vas derechito al [...] infierno. ¿Me escuchas? Los que han muerto de un síncope mientras dormían es porque primero murieron en sus sueños».[2]

Y se hizo la luz en su cabeza. La sofocante sensación de estabilidad conformada por sus tres carros lujosos de modelos recientes, su residencia y la casa en la playa, las múltiples tarjetas sin límite de crédito, el trabajo donde ganaba millones y las membresías de los lugares más fastuosos, todo ello se había vuelto un fardo tan despreciable como cargar él solo con los cadáveres de Brontes, Arges y Estéropes, viéndolo todo a través de una sola perspectiva, sin poder alcanzar posibilidades estúpidas, sin lograr cambiar la fisionomía de su cíclope lucubración.

Teniendo la solución al alcance de su sueño, continuó con ese día como si nada se estuviera maquinando en su sofocado consciente. Todos se fueron a dormir y él se dio a la plácida tarea de pensar en lo que ocupaba la mayor parte de sus reflexiones: su Bentley.

[2] Armando Vega-Gil, *Cuenta regresiva y otras fábulas supernumerarias*, p. 289.

Sabía que era una manera infalible para llegar a aquel sueño, al que le gustaba ingresar recurrentemente, por lo desastroso del final. El sueño se presentaba siempre de diferentes formas, jamás como la primera, pero lo idéntico, de modo invariable, era el final. Extrañamente, esta vez sucedió todo de manera idéntica al primer sueño del fatal accidente: empezó por el funeral y, a continuación, se desarrolló la escena del restaurante.

Finalmente, ya dentro del vehículo, tomó la decisión de que ahora todo sería diferente. Eligió no despertar tras escuchar los gritos y la risa. En ese momento, su hijo más pequeño, en un intento por romper aquel ambiente angustiante de la pelea marital, colocó sus minúsculas manos sobre los ojos de su padre. Viró el volante, se activaron los gritos y, un segundo después, él no hizo nada por despertar antes del choque, por detener al destino.

Pero también fue el momento en que decidió que no despertarían cuarenta y cinco personas más.

Atavismo ficcional

Rompí mi corazón para romper mi miedo.

Las personas tienden a coleccionar objetos de su devoción, fetiches sexuales o dogmáticos, objetos atribuidos con poderes maravillosos o que cargan el pasado, cual mártires, de las interminables peticiones humanas. Pero mi decisión irrefutable se tamizó más allá de estos simples gustos mundanos.

Mi afición por recopilar objetos de la misma índole había estado presente desde siempre. Desde muy corta edad, sentí el deseo de no despojarme de algo venerado cuando murió la primera persona que amé en la vida: mi abuela. Huérfano desde pequeño, mis días transcurrieron sin mayor sobresalto que el de ver a mi antecesora degollando a los pequeños animales que yo criaba, para después venderlos.

Pero una mañana no abrió los ojos.

A la hora acostumbrada, la llamé desde el fogón de la cocina, donde trataba de reanimar las llamas moribundas de la noche anterior. No respondía. Yo había despertado un poco antes por el frío de aquella madrugada, que se intensificó en un determinado momento, pienso que poco después de pasar la media noche, pues yo seguía tratando de dormir en mi alcoba cuando una pequeña ráfaga helada surgió de cierta invisible abertura en la pared (todas las ventanas estaban cerradas en ese momento). Tocó mi rostro y desapareció, dejando tras de sí una consolidada atmósfera gélida y, repentinamente, una oscuridad más densa reptó sobre la opacidad a la que ya se habían acostumbrado mis ojos.

Te llamé dos, tres veces. Generalmente no eran necesarias más. Pensé que habías entrado en un sueño más profundo debido a este abrupto cambio de clima. Te llamé una cuarta y quinta vez; entonces fui consciente de lo que había sucedido y no dejé de llamarte toda la mañana, con la esperanza aún subiéndome por la garganta cada que pronunciaba tu nombre, ya vacío. Seguí llamándote durante el día, con la sensación de que desistir de pronunciarte sería dejarte ir de una vez y para siempre. No te quise tocar. Tu sagrada partida era muy tuya y yo no tenía derecho a violar el estuche que no te pudiste llevar.

Cuando me disponía a darte el último beso, mis labios sintieron por primera vez la muerte en células propias, eras el origen de ese frío pesado, seco, que invadía a todo el cuerpo inerte y transmitía el abandono a todo el espacio, llenándolo. No pude imaginarte a tres metros bajo tierra con tus manos arrugadas sin poder degollar más. No quería pensar en tus arrugas versadas y tu entristecida canicie condenadas por una putrefacta eternidad a permanecer en un sitio tan silencioso, por lo que, para un beneficio mutuo, decidí mutilar tus armas degolladoras y dejarlas conmigo para siempre, siendo éste un tiempo indefinido, pero suficiente para no sufrir de forma devastadora tu abandono.

Al paso de los días, las (pues sería muy aventurado decir que todavía eran «tus») manos empezaron a adquirir un olor y color particulares, más que adoración me causaban náuseas, pero esto no impidió que siguiera durmiendo con ellas sobre mi pecho. Cuando se convirtieron en una masa amorfa que fungía como albergue a diversos organismos, decidí que ya era momento de conservarlas en un frasco con alguna solución antiséptica.

Transcurrieron varios años más en que conviví sólo con mi ecuánime personalidad, distante de todo contacto humano significativo, pero deseando enormemente algún fragmento de los individuos que se mostraban siempre tan bondadosos conmigo, en nuestros escasos encuentros furtivos. De tal forma que mi aguda consistencia cognitiva hacía crecer cada día más el fervor que alimentaba mi codicia por aquellos elementos ajenos.

Nunca me atreví a anticiparme al destino, por lo que solía dar paseos por los sepulcros nuevos, buscando satisfacer mi oquedad, pues sabía que dentro de los cuerpos fríos siempre quedaban indicios del cálido afecto que fue recíproco en vida, que algo había por rescatar en esas aún bellas envolturas, próximas a la ineludible putrefacción.

Todo aquello lo situé en la habitación que dejaste disponible, a la que nombré desde entonces «El último aposento de lo sublimado». Pero tuve cuidado de mantener la estantería principal justo como tú la habías conservado hacía décadas: guardados en dos frascos grandes, se encontraban custodiando todo el recinto algunos dedos y restos internos y externos de mis padres, que minuciosamente podían ser identificados si se prestaba atención.

Conforme pasaban los meses, fui añadiendo varias pequeñas estanterías más, con una variedad considerable de frascos en cuanto a forma, tamaño y contenido, que creaban en conjunto la colección más majestuosa que cualquier devoto a sus placeres pudo haber reunido en toda la historia.

Una escala gradual de numerosos iris, papilas gustativas de varias lenguas que en una memoria colectiva podrían rememorar infinidad de manjares, narices hermosas y otras grotescas, variación de entrepiernas para imaginarias orgías deletéreas, labios para encubrir voluptuosamente cada centímetro de la piel, largas cabelleras para acariciar en la ensoñación y manos para volver a palpar imaginariamente mi cuerpo en el instante mental que se requiriera.

Bellos cuerpos fragmentados y dormidos en el tiempo para complacer placeres inconscientes. Todo sin el toque de la vida. Todo suspendido en un líquido amarillento que les permite existir eternamente, todo colmado de emociones muertas, pero con la misma intensidad distinguida y honrada.

Ahora que he llenado todos los estantes, cuando me encuentro dentro de la habitación, mis ojos son susceptibles a la forma y contenido de la recopilación, no de las intolerantes condiciones at-

mosféricas presentes. Pude hacer del silencio en que me dejaste algo llevadero, pero esto no puede durar más así. Ahora la colección necesita de un nuevo elemento para estar completa. Por última vez admiraré tus manos, que tienen aquel brillo peculiar que creí perdido tiempo atrás.

Escuché una voz muda, sentí estos cuerpos invisibles, besé tantos labios azulados, cerré cuantiosos párpados de una vez y para siempre.

Pequeñas partículas han comenzando a invadir toda la habitación, las he visto en cada frasco (dentro y fuera), en cada escondite, en mí y en el entorno. Recorren mis fosas nasales y las recibo en mi boca, donde descubro pronto que sólo están de paso, pues su destino final es mi cerebro. Se han establecido y algunas bajan al corazón, son pequeñas partículas incorpóreas luminosas. No cabe duda de que el ectoplasma ha venido a reclamar una muerte más, la final.

Minutos después de haber visto aquellas partículas surgiendo de los pequeñísimos orificios de mi piel, desperté recostado en el piso. El oxígeno ha cobrado densidad, la incrementada gravedad hace de mis movimientos una película en cámara lenta y de mis órganos internos, un lento colapso total; mis pulmones, enfermamente cansados, desvanecen mi elocuencia mientras mi corazón contagiado me prohíbe abdicar. Esto es un clímax a la inversa, una lucha interna contra mí mismo, una rebelión de cada célula viviente que opta por la necrosis, que va ganando más y más adeptos.

Desde este punto de la habitación, la vista del paraíso fraccionado y suspendido en formol es tal que puedo conferir, al pesado ambiente, mis últimos minutos vitales con satisfacción onanista, como hice con todos los fragmentados presentes. Y lo que pase ahora con todos nosotros ya no tiene ninguna importancia, sólo fuimos un placer efímero de una inventada deidad.

Cosmogonía de las parafilias
(o de superpoderes a parafilias)

La especie humana no siempre ha sido tan tediosa. Hasta hace algunas décadas tenía lo que muchos, hasta ahora, sólo han logrado imaginar: superpoderes o habilidades sobrenaturales. Estos superpoderes estaban clasificados en diferentes categorías, entre las que se encontraban las cualidades mentales, la percepción extrasensorial, el dominio corporal o mental y los poderes físicos o de creación quimérica.

Sin embargo, no todos contaban con estos progresos genéticos. Tras un necesario y minucioso estudio, se logró crear un informe detallado de las propiedades que presentaban las personas con dichos rasgos diferentes a los del ser humano común, sin saber que, posteriormente, sería de mucha utilidad, pues fue el fundamento para crear una asociación que estructuraba los resultados de ciertas desviaciones sexuales con tan extrañas capacidades.

La nebulosa problemática de los superpoderes fue más allá de usarlos o no para actos beneficiosos, nimios o incluso perniciosos, pues ahora había tal número de prácticas sexuales alternas que la población se vio seriamente reducida, ya fuera por muertes súbitas, asesinatos en segundo y tercer grado, o por una considerable disminución en la tasa de natalidad, pues los superpoderes derivaron en parafilias que alteraron por completo el comportamiento sexual rutinario de los seres humanos.

El clímax de esta controversia llegó con la lucha entre los conservadores y los modernistas, pues ambos grupos tenían razones fundamentadas y comprobables para defender sus posturas, por ende, los ataques físicos y violentos, tan propios del comportamiento humano y su esencia volátil, no se hicieron esperar.

Por supuesto que en esta encarnizada problemática tuvieron que ver, además de los portadores de los superpoderes, aquellos que se excitaban con éstos, por lo que no hubo un solo tipo de culpables. Asimismo, resultaba una tarea ardua y difícil dividir a la población con superpoderes de la gente común.

Fue entonces cuando el segundo gran acontecimiento se produjo: la propia evolución humana, para evitar el fin de la humanidad, a través de la genética que usa al cuerpo humano como mecanismo de artificio para sobrevivir, se vio forzada a erradicar los citados superpoderes que ninguna otra raza animal poseía, para asegurar la conservación de la especie.

En pocos meses, los superpoderes se fueron erradicando hasta que desaparecieron por completo; pero las parafilias quedaron establecidas en algún extraño archivo hereditario que continúa su sucesión hasta nuestros días, configurándose según las aportaciones y los descubrimientos de la ciencia moderna, causando más catástrofes (para unos) y venturas (para otros) sexuales.

He aquí un compendio de algunos de los superpoderes que han desaparecido y las parafilias que se derivaron de éstos, según su popularidad.

A través del mimetismo animal se creó la zoofilia: la apariencia más elemental de un ser vivo fue tomada, entonces, como representación de una identidad sexual primitiva, creando así lazos con la naturaleza mucho más directos e innatos. En cierto sentido, nació una filia que permitía regresar a los orígenes.

Las personas que tenían el superpoder de la duplicación física dieron origen a la ipsofilia, pues comenzaron a duplicarse únicamente para tener como parejas sentimentales y/o sexuales a sí mismos.

La invisibilidad fue la que generó más parafilias y es, precisamente, el superpoder que más seres humanos anhelan actualmente. Entre ellas se encontró la hipnofilia o excitación por las personas que duermen; la gimnofilia o nudomanía, que es la exaltación por la desnudez (propia, en este caso); el *dogging*, o placer sexual al ver a una pareja durante el coito; el candaulismo o la exhibición del compañero sexual por cualquier recurso, y la alopeia, donde la excitación y el orgasmo sólo se logran al ver a otras personas tener relaciones sexuales. Gracias a los diversos avances tecnológicos, estas parafilias se fueron modificando, hasta poder ser consumadas a través de la pantalla del ordenador, el teléfono celular o el televisor.

Con el grito sónico empezó la agrexofilia, que otorga excitación sexual a aquellos que son escuchados por terceros al tener relaciones sexuales.

De la invulnerabilidad o fuerza superhumana se originó el masoquismo, donde las víctimas de maltratos y humillaciones (sean éstas innecesarias, injustas, obligatorias o merecidas) reciben placer a través de su castigo, solicitando más, o realizan actos reprobables para seguir obteniendo la dura corrección.

De los sentidos sobrehumanos nació la audiolagnia, donde el paroxismo y el orgasmo son, en cierta forma, lingüísticos, y el incentivo principal se obtiene a través de la percepción auditiva.

La fuerza sobrehumana dio paso a la astenolagnia, que es una fijación por la docilidad, sumisión, humillación y flaqueza sexual del otro individuo.

Gracias a la manipulación de la electricidad se produjo la electrofilia, donde sólo se llega a la excitación a través de choques eléctricos.

La animación de objetos causó el fetichismo y uno de sus derivados: la altocalcifilia; el primero, al dimanar de este superpoder la fijación sexual con objetos materiales, entretanto que el segundo se enfoca en zapatos de tacón alto, por lo que la interpretación de tal fetiche queda más que clara.

La oscuridad o manipulación de sombras engendró a la ligofilia, que define a aquellos que gustan de encontrarse en lugares funestos y oscuros, no necesariamente con un fin sexual, aunque se puede deducir lo contrario fácilmente, pues podría ser usado como «procedimiento» romántico.

La inmortalidad, por otro lado, dio paso a la necrofilia, pues vivir por tiempo indeterminado, inevitablemente, conlleva el sufrimiento por la pérdida de los seres amados. Esta práctica comenzó a llevarse a cabo en aquellos amantes fieles e incondicionales que mantenían esa postura afectuosa aún después de la muerte de sus parejas, pues no podían concebir el hecho de realizar tan íntimo acto con alguna otra persona, sólo por la razón de que su consorte había perdido —y no se veía próximo(a) a encontrar— la vida.

La asfixia y el estrangulamiento, sin llegar a la muerte, dieron forma a la asfixiofilia, que otorga placer sexual al estrangular a otra persona... o a sí mismo.

La visión de rayos X vio nacer a la ossumfilia, donde el gozo erótico nace a través de la visión de la osamenta de cualquier individuo, sin hacer diferencia en el género o la especie.

Por supuesto, el presente no es un estudio terminante de todas las parafilias que se originaron a causa de los superpoderes, pero sí un breve compendio para introducirnos en tan peculiar tema. La lista continúa y es probable que nunca termine, pues a pesar de que los superpoderes han llegado a su fin, el imaginario colectivo sigue creando parafilias que incluso van más allá de nuestra comprensión.

En casos ficticios más conocidos y actuales, Superman no se puso las bragas por fuera accidentalmente, sino porque es un ser fetichista y exhibicionista; la razón de que Batman no mate a sus víctimas es porque, en realidad, disfruta de la asfixiofilia; el Joker debería llamarse s&m Joker y la novia de Bestia padece de hirsutofilia.

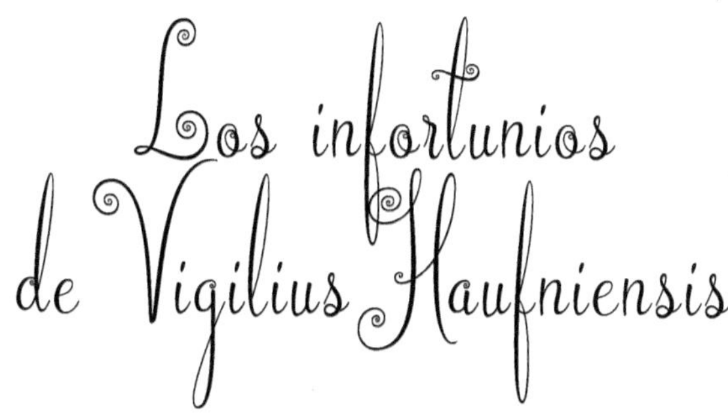

Conozco el miedo en la oscuridad, en la lluvia, en la grisalla de los paisajes de nieve, en el misterio de las regiones nórdicas. ¡Pero el miedo ahí, en pleno sol, en aquel escenario de ensueño, bañado de luz cálida, es otra cosa! Es algo aplastador.

Gaston Leroux

[...] un rings umber liegt schone grüne wiede.[3]
Goethe

Felice y Søren era una joven pareja que tenía quince años de vida conyugal y su familia se complementaba con una hermosa adolescente y un inquieto infante, que vestían con el mayor decoro y ostentaban la mejor de las educaciones.

[3] Verso del *Fausto* de Goethe: «y en torno se extiende un bello y verde césped».

Los adultos se dedicaban, entre otras cosas, a la compraventa de objetos cristianos de disímil naturaleza, debido a su codicioso fanatismo religioso, por lo que estaban asociados con algunos museos y comercios en el país, además de galerías de arte, pues Felice era una singular artista plástica.

Solían pasar varios días del mes en su casa de campo, en un poblado a unas horas de la ciudad. Las personas cercanas a la familia y vecinos de ambas residencias tenían una buena impresión de ellos, pues de vez en vez daban grandes fiestas —celebrando sólo ellos sabían qué—, en las cuales la comida, la bebida y los piscolabis no escaseaban jamás; los anfitriones obsequiaban a los invitados hasta la despedida y un ambiente de placer y fruición anegaba el entorno.

Desde hacía meses, en su casa de descanso, recibían numerosas visitas de Vigilius Haufniensis, quien se convirtió en uno de los mejores amigos de Søren. Cuando estaba en presencia de Felice, ella repetía, encantada, el mismo comentario adulador que le hizo desde el día en que lo conoció, referente al parecido físico que tenía con un arcángel. Søren notaba, entonces, el extraño brillo que aparecía en el rostro de su esposa y sus gestos mínimamente lascivos, pero contundentes al mirar a Vigilius, y ello podía acontecer varias veces al día.

Felice acostumbraba hacer exposiciones de sus obras de arte, cuya materia prima era proporcionada, invariablemente, por su dilecto cónyuge. Utilizaba porciones o fracciones determinadas de diferentes figuras corporales para formar otro tipo de estructuras con ellas, semejando a un dios creador de ficciones físicas entre alimañas, santos y humanos cernícalos. Gracias a su mente pueril, había creído siempre que su esposo conseguía el material casi auténtico en alguna fábrica increíblemente realista, como aquélla donde compraban los paquetes de comida procesada, en la cual se desvirtúa al animal y su sufrimiento, dando como resultado un alimento transformado, libre de su propia naturaleza, suciedad e inmundicia perceptibles, listo para consumir.

Gracias a la labor sublime de embalsamamiento y disección que realizaba Søren en ellos, y tras el trabajo estético y artístico que llevaba a cabo Felice, lograban crear una obra única y divina. Para finalizarla, le daban un baño de cualquier metal líquido y esto terminaba por convertir a la escultura en una creación por completo irreal, además de otorgarle el sello característico de la autora.

Cierto domingo, durante uno de sus múltiples viajes al paraíso del descanso y a un par de horas de marcharse para volver a la ajetreada ciudad, Søren y Franz, su inseparable discípulo, estaban en el patio de uno de sus almacenes techado con lámina blanca, de paredes níveas que reflejaban con grandeza la luz de aquella magnífica tarde. Vestían delantales y guantes plásticos, ya que estaban limpiando bajo el sol algunos instrumentos de trabajo, con una manguera de agua a presión y líquido antiséptico. El lugar era muy amplio y estaba cercado por una agraciada valla roja, alrededor de la cual coexistía una flora tan diversa como llamativa. En toda la periferia se extendía un gran campo de césped y árboles, boscaje escasamente mutilado por la intervención humana.

A unos metros de distancia, cerrado por un gran portón que prohibía las miradas de fisgones y maliciosos, se encontraba el almacén más cercano. Una vez limpios los artefactos, entraron a él, un lugar donde todo el exterior aséptico se transformaba brutalmente. Era precisamente el único sitio al que estaba prohibida la entrada para el resto de la familia. Søren tenía asuntos y negocios personales incuestionables, los que pedía se respetaran a cambio de la seguridad económica con la que vivían tan holgadamente, siendo sólo Franz quien tenía libre acceso.

Propietario y asistente acostumbraban usar el almacén para realizar videograbaciones de uso personal: las cámaras se ubicaban a los costados, algunas otras estaban instaladas en trípodes y otras más dispuestas en el techo, con la finalidad de no perder ángulo alguno y grabar en todo momento, aun cuando ellos no estuvieran dentro, si así lo decidían.

En el interior yacían un hombre y una mujer de espaldas, sujetados a cruces de hierro negro tendidas en el suelo, pues, en el aspecto íntimo, estos colegas voyeuristas del séptimo arte cruento eran por completo individualistas e independientes en sus placeres.

Uno de esos cuerpos tenía nombre, era Vigilius Haufniensis, quien era el deleite de Søren. A estas alturas del juego, como cáusticamente les gustaba llamarlo, Vigilius estaba por completo desnudo, a excepción de una venda que le cubría los ojos, y tenía ya una pierna amputada; sobre su cuerpo exhibía, indiferentemente, grandes y pequeñas cortaduras, heridas y magulladuras de aspecto temporal distinto; se encontraba en estado convaleciente, pero aún lúcido y gemía cual desdichado, como viviendo una gran malaventura.

El par de colaboradores estaban conscientes de que pronto debían partir y el juego estaba tardando más de lo habitual, por lo que decidieron ponerle fin de una vez. Cada quien concluiría su proyecto por separado. Søren soltó los nudos de los lazos que sujetaban las muñecas de Vigilius y el de su tobillo; éste lo único que pudo hacer fue adoptar una posición fetal.

Søren fue por un tubo y, al volver, empezó a dar pequeños golpecitos en la entrepierna del maltrecho y ya no tan celestial muñeco, cuando repentinamente lo introdujo una y otra vez por su abdomen bajo, dejando en pocos segundos un orificio más susceptible de introducir algo un poco más grande. Metió entonces su puño y, al momento de retirarlo, tenía enganchado de su argolla matrimonial una pequeña parte de intestino, que mostró a la cámara con una gran sonrisa, mientras Vigilius había optado por permanecer en silencio, bajo la plausible sospecha de ser declarado finado y poder acabar con todo aquello. Pero, en realidad, la acústica era lo de menos para Søren, quien soltó el intestino de la argolla creando así un pequeño orificio en la víscera, del que salió un líquido viscoso de color verdecillo, el cual limpió de sus dedos y de lo que quedaba del muslo níveo del juguete, que ya tenía un color casi cadavérico, y es que Vigilius, en realidad, ya no sabía si de fingir tan bien había logrado fallecer, al fin.

Søren dio unos pasos para abrir una jaula pequeña llena de ratas hambrientas, que por falta de alimento estaban comenzando a comerse entre sí. Salieron con rapidez y, gracias al olor de la sangre y los deshechos de Vigilius, sus miradas y olfatos no pudieron concretarse más que en buscar un camino hacia él. A pesar de su cara desfigurada, se podían apreciar aún claras muestras de pánico y dolor. Encontraron un formidable boquete y mordieron ávidamente, participando todas del gran festín y comiendo todo lo posible, pues sabían que este banquete fugaz no duraría más de unos cortos segundos, habituadas como estaban a tal función.

Cuarenta segundos después fueron amedrentadas con un soplete y corrieron de vuelta a esconderse en su jaula, a pasar satisfechas uno o dos días antes de volver a la antropofagia. Vigilius estaba privado y había perdido el dominio de sus trágicos pensamientos, tenía ahora la mitad del cuerpo mordisqueado y pequeños trozos desprendidos. Para finalizar terminantemente todo este entretenimiento, Søren pidió su frasco predilecto a Franz. Al tomarlo en sus manos, quitó la tapa y empezó a cubrir a Vigilius con un líquido amarillo radiactivo, un tipo de ácido que en pocos minutos destruyó la mayor parte de sus tejidos, dejándolo reducido a un objeto que se fundía con el hierro en el área de la columna vertebral.

Empezaron con las labores de limpieza, a recolectar lo necesario, dejando todo en orden antes de proceder a marcharse y cambiar las cintas de las cámaras; estaban más que satisfechos por ese día, su cuota de productividad estaba cubierta.

Pero en esta ocasión el futuro no estaba dispuesto a que Felice continuara con la incertidumbre de aquel lugar, donde actos primitivos se perpetraban a diario.

Felice se encontraba cansada por la fiesta que había dado el día y la noche anteriores y, después de agotar su paciencia al saber rota la promesa de Søren sobre no jugar ese día con Franz, pues los había visto entrar al vedado almacén unas horas antes, decidió ir a buscarlos y romper con la dichosa regla, ya que él había roto primero su compromiso.

Fue hacia el almacén y, conforme se acercaba, una extraña sensación de ansiedad se apoderó de ella. Estando frente al portón, se retorcía las manos frenéticamente, pues el sentimiento de seguridad con el que había iniciado la marcha, unos metros atrás, la había abandonado. Finalmente se decidió y empujó una de las puertas que, al contacto, se movió unos cuantos centímetros. Entonces la empujó con un poco más de fuerza y pudo introducir todo su cuerpo. Al escuchar el leve ruido de la bisagra y volverse, los cómplices sólo atinaron a mirarse entre sí y volver a sus labores, pues ya estaba casi todo listo. Jamás había ocurrido algo semejante y el descubrimiento de Felice podría suponer un peligro, del que aún no sabían la magnitud, a los largos años que habían transcurrido tan apaciblemente en sus vidas.

En realidad no quedaba mucho de la masacre, pero el aroma pestilente del lugar, que se mezclaba con el sutil almizcle del perfume de su cuello, las manchas de sangre por doquier, las múltiples cámaras, las jaulas y los artilugios con restos de diversos seres vivos o muertos y el estado de sus ropas, añadiendo el gran desgaste físico del que habían participado, la confundieron a grado tal que con la imaginación más exaltada que nunca y la boca cerrada por querer tragar sus labios, lo único que atinó a pensar fue que ahí realizaban actos físicos de violencia o gran vigor sexual entre personas del mismo sexo, y que en algún lugar sobre la tierra, menos en ese sitio, debía estar aquella milagrosa fábrica de la que dependía su genio.

Søren y Franz terminaron sus labores y se dirigieron al portón, donde sacaron amablemente a Felice, maniobrando con seguridad, como si todo aquello hubiera estado planeado y lo esperaran. Ninguno pronunció palabra alguna. Franz se despidió del matrimonio y ellos se dirigieron al auto, donde estaba ya todo preparado para marcharse, incluso con sus hijos en el asiento trasero, tomando una siesta.

Felice guardó silencio y su pequeña boca permaneció tan cerrada como cuando descubrió todo aquello, mientras Søren se limitaba a conducir y a darle pormenores de su futura materia prima, que sin duda sería la de mayor divinidad.

El lado izquierdo pertenecía a él, que hablaba con una parsimonia tal que llenaba de coherencia el poco espacio que compartían los cuatro.

El lado derecho, el de ella, era una composición estética de evocaciones e impresiones recientes que se construía alrededor de aquel bosque cubierto por la noche, ocupando su cabeza con nuevas ideas para obras con lo que él le tenía preparado ya, según su soliloquio, para su siguiente escultura exviviente, preservada para la posteridad.

 Legado

Su franco era el mío. Su voz era como abrazarla.

Cesare Pavese

Bajo la premisa de mi próxima partida física, mi voz ha decidido llevar a cabo el siguiente plan creado por mi ominosa mente. En primer lugar, dejaré diminutos huevos de palabras en un nido debajo de tu cama, para que, cuando despiertes y yo ya no esté aquí, nazcan y trepen por las paredes. Al llegar al techo, empezarán lentamente a desperezarse y reconocer su nuevo entorno, articulando su respectiva morfología, desde sus raíces. Entonces comenzarás a reconocer los diferentes sonidos y, después, las palabras en su totalidad. No dudes de su inteligencia, pues a pesar de ser independientes, ellas sabrán cuál es su lugar para la creación de las oraciones.

Como todo ser vivo, si no reciben la atención necesaria, comenzarás a ver los cadáveres por doquier. Te advierto que los exoesqueletos de las palabras son más terribles y su olor es más penetrante que el de un mórbido cadáver animal con días de descomposición. Y de ser éste el caso, tendrás sus ecos a modo de espectros, repitiéndose cada que lo crean pertinente o que presientan en ti el olvido. Pero descuida, si las puedes mantener vivas, no tendrás de qué preocuparte.

Cuando las escuches, respóndeles, habla con ellas como en las noches donde la oscuridad llenaba nuestra habitación y no conversábamos hacia un cuerpo o una cara con ojos y labios, sino hacia una mente. Tus palabras serán acogidas por las mías para crear una intrincada atmósfera de la que surgirán nuevas creaciones que aprenderán a transformarse, crecer o mutilarse.

No tengas miedo de abrir la ventana o encender la luz. Sólo tú tienes poder sobre ellas, sólo tú les otorgarás vida o las eliminarás.

Sus cuerpos inmateriales son incapaces de hacerte daño, pero debo hacerte una advertencia sobre la dualidad de su existencia: de la misma forma en que representan todo mi ser y amor por ti, igualmente podrían funcionar como llaves para abrir la caja de Pandora que albergas en el pecho, junto al corazón.

Cuando no quieras escucharlas ellas simplemente callarán. Y si al pasar de los años te sorprendes un día cualquiera al pensar en mí y no recordar el sonido de mi voz, será porque entonces ha desaparecido mi esencia por completo. Me habrás otorgado la libertad que no buscaba.

Si en algún momento la desesperación hace presa de ti, tranquilízate, pues, como sabrás, las palabras no se pueden ver ni tocar. No te esfuerces por limpiar y quitar telarañas, mi voz simplemente seguirá rondando, silenciosa, sabiendo cuándo dormir y cuándo actuar.

Ten presente que mis palabras conocen perfectamente los mejores escondites, incluso dentro de tu alma y tu memoria.

Por último, tampoco intentes capturarlas, pues sólo conseguirás desmembrar sus morfemas y, fragmentadas, no significarán lo exacto.

La única finalidad de los especímenes lingüísticos de mi esencia en tu vida será censurar al olvido, anular el paso del tiempo en tu memoria y suprimir la degradación de tus sentimientos por mí. Me rehúso a dejarte por completo, tan desconsiderado como pueda parecer.

«Mi amor por ti no se consumió con mi cuerpo.» Quisiera tirar esta frase en un rincón de tu habitación, el más recóndito, dejarla escondida varios años y hasta siglos, para que, en el momento más indicado, te encuentres con un recuerdo empolvado que te desgarre el corazón y desarticule la memoria, para que tu energía no me deje desaparecer en la inmensidad del universo.

Y cuando al final sea redimida de lo físico, sabes que siempre podrás encontrarme al evocar mi recuerdo en tu existencia.

Un inminente progreso

No eres un cuerpo que tiene un espíritu,
eres un espíritu que tiene un cuerpo.

Alejandro Jodorowsky

En realidad, nunca había sido observador. Los cambios en las parejas de las pocas personas cercanas o vecinos eran tan comunes y habituales que jamás pensó en prestarle atención a los cuerpos, que eran los que permanecían inmutables.

Tampoco es que saliera mucho de su departamento, pues, además de una vista monótona, el aire saturado que brindaban los pasillos de su gris edificio no tenía nada placentero que ofrecerle, y las mismas cualidades del inmueble habían sido absorbidas por sus inquilinos, por lo que hablar con ellos o tener el menor contacto visual lo dejaba sumido en la misma y acostumbrada pesadez.

Pero una vez que hubo terminado de asociar todas las desgracias humanas con actos bárbaros y destructivos, así como los pensamientos más profundos y reflexivos con las cavilaciones más etéreas y titánicas, al leer hasta el último de los libros que se encontraban en el librero que cubría toda una pared de su departamento, llegó a la conclusión de que sí, necesitaba una compañera para pasar el resto de sus días sin más introspecciones filosóficas. Y decidió salir al mundo, a esa vida salvaje y hostil.

Había dormido tan sólo una hora, pero estaba decidido. Después de tomar una ducha, sin más preámbulos, salió de su departamento, cada paso que daba le restauraba la confianza en sí mismo y en su resolución, por lo que trescientas cincuenta veces creció su seguridad. Ya estando en la calle, tras cerrar la última puerta de vidrio grueso, respiró profundamente antes de dar su primer paso en la acera por la que circulaban decenas de seres humanos a diario. Al saberse en la intemperie de asfalto, comenzó el esperado descenso de ánimo.

Algunos minutos pasaron, acompañados de unos largos y apresurados pasos, decidió entonces levantar la vista, algo que no hacía desde años atrás, y tras un ligero dolor de cuello, encontró ante él algo más espectacular que el tamaño en que estaba proyectado: en gigantescos números formados por pixeles estaban anunciadas la fecha y la hora exactas: «Viernes 24 de febrero de 2038». Hacía veinte años que no pisaba esas calles.

Las pocas cosas que recordaba habían dejado de ser referencias bastante tiempo atrás, y no notó los cambios paulatinos sino hasta ahora, que lo podía ver como un todo. También se extrañó de la soledad en las calles y los escasos individuos que podía observar a metros de distancia. Supuso entonces que habría toque de queda y, por lo tanto, se encontrarían en una situación de conflicto bélico o algo similar y, en ese momento, una ansiedad repentina secuestró su buen juicio. No pudo hacer más que seguir caminando en dirección opuesta a su hogar.

Logró detenerse en cuanto vio un establecimiento con un gran rótulo luminoso que anunciaba, con letras rojas y azules, que era un supermercado. Sabiendo su ruta ahora, se dirigió a aquel sitio sin más contratiempos ni lentitudes.

Pero cuando llegó hasta las puertas corredizas misteriosamente éstas no se abrieron ante su presencia, como hicieron dos o tres veces, antes de que él llegara, frente a otras personas que ingresaron al lugar. Lo que no sabía era que estaba siendo grabado por una pequeña cámara oculta, que descifraba sus rasgos y mandaba la información de inmediato a los encargados del lugar, con la finalidad de reconocer, en aquel rostro, algunas características distintivas para identificar a cierto tipo de comprador y poder mandar al empleado más capacitado. Como era la primera vez que se aparecía en ese establecimiento, y no llevaba un tipo de vida común, resultó difícil hacer la selección.

Las puertas por fin se abrieron e inmediatamente, frente a él, se presentó un empleado que portaba una etiqueta en el pecho con el número 1502 escrito en ella; se trataba de uno de los pocos trabajadores que tenía la tienda para atender a posibles clientes en un futuro muy cercano, quienes no habían visitado el establecimiento con anterioridad. Ocurrió entonces el siguiente diálogo:

—Buen día, sea bienvenido a Swing-O-rama, el establecimiento de servicios físicos creado para usted.

—Pero si no saben quién soy. Ni yo lo sé todavía.

Con una sonrisa de confusión, el empleado continuó con su memorizado y robótico discurso:

—¿Está buscando algo en específico?

—Saber qué hago aquí.

El empleado, como si no estuviera escuchando esas frases fuera de contexto, siguió hablando con naturalidad:

—Tenemos ofertas en los pasillos 5, 6 y 7, contamos con mercancía fresca y recién llegada del Mediterráneo; debería ver los estantes, seguramente encontrará algo de su agrado.

A esas palabras siguieron dos minutos de incómodo silencio, en que ambos cruzaron miradas que duraban menos de un segundo. Entonces el empleado decidió romper tan embarazosa situación y de nuevo tomó la palabra:

—Sígame por aquí, por favor. Lo llevaré a ver la mercancía más usual y convencional, quizá, si no le interesa, podríamos ir a los demás pasillos y así logrará decidirse por algo.

—Pero si desconozco qué venden aquí, ¿cómo me voy a decidir por algo que no sé que estoy buscando?

—Me hubiera mencionado eso primero, caballero. No hay ningún problema, le explicaré de qué se trata todo esto, rápidamente. Verá, Swing-O-rama es una empresa multinacional de origen japonés y es una de las cadenas más prestigiosas y con más clientes satisfechos en todo el mundo, se dedica específicamente a la venta minorista de cientos de millones de personalidades únicas e irrepetibles, que se adecuan a todas las demandas y necesidades de nuestros clientes.

—Déjeme ver si entendí, ¿entonces en esta tienda puedo comprar otra personalidad para modificar la mía o puedo comprar tantas personalidades como quiera, para ser alguien diferente cada día del mes?

—No exactamente. Es más complicado, la personalidad viene dentro de su estuche original e intransferible, que es el cerebro. Durante los años de prueba, los científicos y los especialistas llegaron a la conclusión de que realizar trasplantes de cerebro era mucho más delicado y arriesgado que realizar el trasplante de la cabeza completa, además que el factor de cambio de facciones y características propias de cada personalidad ayudarían muchísimo a la mercadotecnia y las ventas de la empresa, por lo que tomaron la resolución de venderlas con su estuche externo, también. Los trasplantes se hicieron entonces de cabezas completas, así queda más claro, ¿verdad?

—Más claro, pero no entiendo para qué.

—Verá (y pensó para sí mismo: «Parece que usted se perdió en el tiempo algunas décadas»), la razón es más que simple: la tecnología. Antes, cuando las personas se cansaban de sus parejas, las cambiaban por otras. Ahora, simplemente hay que sustituir la cabeza para estar con una persona diferente, e incluso puede que sea la adecuada. Desde hace varios años esto es un gran negocio, no sé cómo no se había enterado usted. Y lo más novedoso son las personalidades infantiles, juveniles y de la tercera edad, para cambiar la naturaleza de cualquier miembro de la familia que resulte insoportable. ¿No es acaso genial? (Y ahora se mostró en su rostro una sonrisa que parecía la misma boca del infierno.)

—Pues sí, supongo que sí. Pero yo no tengo pareja ni familia, así que no lo puedo saber. Lo que estaba buscando era una persona completa, no una cabeza.

Cerrando el orificio infernal al ver una venta anulada, el vendedor sólo atinó a decir:

—Pues lamento informarle que eso no lo encontrará aquí. Quizá deba ir a las granjas, pero están a varias horas de distancia en transporte terrestre. Allí realizan algunas subastas a finales de mes, cuando tienen algunas personalidades defectuosas a las que no vale la pena despojar de sus cuerpos y que, para no tener pérdidas, venden completas.

—No pensaba precisamente en «comprar». Toda esta situación es demasiado compleja y novedosa para mí.

—Lamento no poder ayudarlo más, pero en vista de que no es un cliente en potencia, o por lo menos no por ahora, debo seguir con mis labores. Puede salir por donde entró, y espero que cuando vuelva esté buscando algo que pueda conseguir en esta tienda.

Y sin más, el vendedor dio media vuelta y desapareció por uno de los largos y altos pasillos monumentalmente establecidos en aquel sitio.

Tras toda la información obtenida, se pensó en una película futurista de terror, donde todo lo conocido había sido desfigurado, y supuso que soñar en otro mundo no podía ser mucho peor. Sus pesadillas tenían aún más sentido que todo aquello, que esa realidad elástica donde el futuro era el *ahora* y este *ahora* no se parecía a lo que él había pensado experimentar.

Dejando las cavilaciones de siempre para después, decidió indagar por la tienda y, caminando por los numerosos pasillos, repletos de cilindros con un extraño contenido líquido donde se hallaban las polifacéticas «personalidades», encontró ciertas pequeñas revistas colgando de unas minúsculas cadenas. Se acercó a aquel interesante hallazgo y descubrió los catálogos: cabezas, en sus cuerpos naturales, disponibles para ser traídas desde otros países. Había de todos colores, tamaños y formas, pero también aparecían pequeñas leyendas impresas que anunciaban las modificaciones disponibles para cada «modelo», como el tipo de cabello, la dentadura, el maquillaje o incluso cirugías estéticas. Debían ser de las granjas que mencionó el empleado.

Decidió que, en muy poco tiempo, había obtenido más información de la que requería, a la par que este nuevo mundo había colonizado y dado fin a todo lo que alguna vez hubo conocido.

Volvió sobre sus pasos, pero ahora con interrogantes que formaban más dudas, cuestionando su curiosidad y maldiciendo la hora en que terminó de leer la última palabra del párrafo final del último libro del único estante de su propiedad.

A pocos escalones de llegar a la puerta de su departamento, escuchó música y varias voces divertidas y, sin más ganas de seguir con su soledad, decidió buscar el origen de aquella fiesta.

Dos pisos arriba descubrió una puerta cerrada y decidió tocar. Una mano anónima abrió el picaporte. Entonces entró y descubrió que había mucha gente, hombres y mujeres, un poco más jóvenes que él, bebiendo y charlando animadamente. Alguien se le acercó sin que él lo notara y lo tomó por el brazo, entonces volteó y se encontró con la cara más agraciada que jamás había visto. Tontamente se enamoró con las primeras palabras que le dirigían y con la amabilidad tan extraña que le mostraba aquella desconocida, que ya tenía una copa de vino tinto para él.

Siguiendo a su anfitriona, se acercó a la sala y escuchó algunas conversaciones, se presentó ante algunas personas que, para su sorpresa, eran justo como las de hacía veinte años y, por primera vez, sintió que estaba en el planeta Tierra de nuevo.

Prestó atención a diferentes charlas: unas personales, otras ecológicas y algunas más de política. Empezaba a sentir que dentro de aquel edificio todo seguía siendo ordinario, cuando ocurrió un incidente que lo hizo olvidarse de aquellos afables pensamientos: un hombre con claros síntomas de alcohol en la sangre comenzó a hablarle como si se conocieran de años, actitud que no fue nada despreciada, pues lo que más anhelaba nuestro protagonista era integrarse cuanto antes a esta reducida y tradicional sociedad.

Entre información nimia, se enteró de cosas de las que se arrepintió después. Además de las cirugías que se practicaban ahora tan comúnmente, de personalidad, había otro tipo de experimentos, los que no estaban aprobados por los códigos médicos y legales, como los siguientes: cuando lo único que se podía rescatar de un fatídico accidente era la cabeza de la víctima, ésta era preservada hasta que se lograba trasplantar a otro cuerpo humano y, en caso de no encontrarlo en un lapso de cuarenta y ocho horas, el cerebro moría. Para algunas parejas, encontrar el cuerpo sustituto perfecto era una tarea muy fácil e incluso, antes de un accidente, contaban con un reemplazo ya listo, pero para otras personas sustituir el cuerpo de su amada pareja resultaba tan doloroso como saber la pérdida del original, por lo que, en ocasiones, el tiempo se terminaba y resultaba imposible restaurar ese espíritu nuevamente en la Tierra. Así que lo más fácil, en casos como éstos, era realizar el trasplante en un cuerpo igual de amado por el interfecto: el de la mascota, que generalmente era un can.

Por supuesto que dichas operaciones se realizaban de forma ilícita, por lo que los resultados de tales cirugías debían mantenerse en completo secreto y, durante el resto de la vida de las personas restablecidas, se mantenían en el confinamiento de su hogar o, en los peores casos, en una sola habitación. Pero la pareja que no había sufrido ningún daño cohabitaba con la mayor tranquilidad a partir de entonces y, en algunos casos, esa parca felicidad se compartía con más miembros de la familia.

Existían también otros casos, no ilegales, pero tan extraordinarios como ridículos, como el de ciertos padres que tenían un pequeño niño, pero que también querían contar con una niña y, dado que su situación económica no se los permitía, decidieron someter al niño a un trasplante de personalidad femenina, satisfaciendo así sus necesidades afectivas paternas; o el caso de un anciano que lo único que hacía era comprar las esencias humanas, reemplazándolas cuando su ciclo en el recipiente expiraba, sin existir alguna ley que lo prohibiera.

Conforme pasaba el tiempo, nuestro protagonista agradecía, pero al mismo tiempo odiaba, a aquel individuo que le informaba quizá demasiado, pero siendo su curiosidad siempre mayor que la desilusión y el desengaño, quería saber cada vez más sobre todo lo que estaba pasando ahora, llegando así al esclarecimiento de todo aquello: hacía cosa de unos años que los experimentos realizados con el intercambio de cabezas animales dieron resultados positivos y alentadores para todos los que pretendían realizar tales experimentos en seres humanos, por lo que el siguiente paso no se hizo esperar.

Los avances fueron cada vez mayores y se convirtió, entonces, en una experiencia que cualquiera que pudiera pagarla podía experimentar, llegando así a la cúspide de los trasplantes. Por supuesto que surgieron grupos reaccionarios de oposición, pero el gobierno encomendó a destacados científicos, biólogos, médicos y religiosos que desmintieran cualquier creencia sin fundamento, pues ya estaba comprobado que el alma de los seres humanos residía en la mente, que se encuentra albergada en el cerebro y, que por tanto, no se estaba rompiendo ninguna ley divina con dichos procedimientos, pues lo único considerado desechable era el resto del cuerpo.

Ahora el individuo se mostraba más sereno y congruente que en un principio y, para despejar cualquier duda y los visos de escepticismos en su interlocutor, mostró una identificación que lo acreditaba como investigador docto de un laboratorio gubernamental.

Al ver el pasmo causado, decidió dar información más tranquilizadora, como que era ilícito cambiar la personalidad de una persona más de cinco veces, esto debido al número de cuerpos excedentes y que, por ende, habría que incinerar. Como era de esperarse, los cementerios hacía varios años que eran obsoletos y ahora servían como parques de recreación infantiles, además de que calcinar los cuerpos traía otras ventajas, como utilizar las cenizas como fuente de fósforo y calcio para la elaboración de la mayoría de los alimentos que repartía el gobierno entre los habitantes, así como para la fabricación de porcelana de ceniza de hueso, que era, precisamente, el material con que estaban hechas la mayoría de las vajillas que se utilizaba ahora, como las tazas para beber que tenían, literalmente, en la mano.

Pasaron varias horas que convirtieron al día en opacidad y entonces la iluminación natural fue reemplazada por una luz mucho más sutil y sugestiva. Durante toda la conversación, nuestro protagonista no dejó de observar a la primera mujer con la que habló y, cada vez que la miraba de nuevo, le parecía que su belleza aumentaba, su mirada brillaba más y su sonrisa transmitía lo que no expresaba con palabras.

Los invitados comenzaban a retirarse y su compañero finalmente hizo lo mismo, hasta que, por último, quedaron sólo tres personas: la anfitriona, otro hombre y él. Cuando se disponía a hablar con ella, el otro personaje se acercó y le dijo:

—¿Verdad que es lo más hermoso que has visto en tu vida? Es mi cuarta esposa. La pedí hace dos años, con todas las mejoras posibles. El único problema que tuve cuando llegó fue su carácter hostil, renuente a acatar órdenes. Afortunadamente, en aquel momento algunos psiquiatras, adeptos de la vieja escuela, hicieron resurgir la terapia por electrochoque, y fui uno de los primeros en solicitarla para ella. Después de las primeras sesiones pasaron días en que aún no estaba curada, pero ahora está mejor que nunca, ya solamente vamos una vez por semana. Y mírala. Lo mejor de todo es que no tuve que cambiar su personalidad, hubiera sido otro gasto enorme y ya no me lo podría permitir. Pero ahora somos muy felices. ¿De dónde vienes, tienes esposa? No te vi durante la fiesta hasta ahora, que todos se fueron.

—Vengo del pasado y no, no tengo pareja. Este día he pensado varias veces que no me podría asombrar más después de escuchar a alguien, y lo más impresionante es que sí, la siguiente historia siempre supera a la anterior. Pero ya es muy tarde y no les quiero quitar más su tiempo, muchas gracias por todo, es momento de retirarme.

Regresó a su departamento y en un minuto estaba de nuevo en su habitación, donde el tiempo no había pasado y la vida era tal como la conocía hasta un día atrás. Tras el desengaño y decepción de lo que ahora era el mundo, pensó en la segunda decisión más importante de su nueva vida.

Asiduo a tomar somníferos desde su juventud, decidió tomar una dosis exacta para dormir otros veinte años, en la comodidad de su habitación. Si esto había ocurrido en dos décadas, quizá si permanecía en el ostracismo onírico por el mismo periodo, de nuevo, todo sería radicalmente diferente, o es probable que tuviera la suerte necesaria para ya no despertar más.

Tres semanas después, un vecino llamó al Departamento de Saneamiento, pues el olor que salía del departamento contiguo era tan penetrante que ya no había forma de disimularlo. Forzando la puerta, lograron entrar al lugar indicado. Todo estaba ordenado y notablemente limpio, lo único que delataba un ligero abandono era una capa de polvo tenue sobre los muebles y el piso. Siguieron el rastro del olor hasta la habitación principal y descubrieron lo que ya esperaban: un cadáver en descomposición.

Al realizar el reporte, junto a la ficha de descripción física del cadáver y las posibles causas de muerte (varón de aproximadamente cuarenta y cinco años, delgado, estatura promedio, tez y cabellos claros), reportaron también una pequeña grabadora de sonido que tuvieron a bien (debido a esa indiscreción tan humana nuestra) encender antes de clasificar para el Departamento de Policía, cuyo audio transcribo para ustedes aquí:

Jamás creí que la realidad pudiera cambiar tan abruptamente en estos años, donde todos los elementos que constituyen mi existencia permanecieron inalterados. Decido ahora irme y si no logro despertar en veinte años, en caso de que encuentren mi cuerpo putrefacto, pido que me lleven a la planta de tratamiento de restos en descomposición más próxima a mi domicilio. No pretendo ser parte de otro cuerpo ni mucho menos servir para beber café o alimentar a las alimañas de ahora, prefiero que lo que quede de mí sea transformado en un tipo de energía diferente a lo que el resto de mi ser ya se transmutó, así, de alguna manera, podré volver a donde surgí.

La mujer volátil

A R.M.

Y cada noche te encuentro en mis paseos por el cielo.

Violeta

Violeta nació sin rasgo distintivo alguno. Lo que todos notaron, al pasar el tiempo, fue esa inmensa luz que no dejaba de irradiar de su cabeza, esa armonía constante emanando de su ser: una indescifrable aura azulada. Ella formaba parte de esos entes privilegiados que inusualmente visitan nuestro planeta y que, generalmente, fracasan en su intento por encajar en esta intrascendente existencia, pues su alma tiende a ser mucho más impetuosa e insondable.

Por supuesto que éste era un mundo corrupto ya, donde espíritus como el suyo sufren la malicia y la falsedad en los que otros se recrean. Aquejada de malestares físicos, su existencia terrestre fue siempre un triste padecimiento.

Tiempo después y siendo ya una joven mujer, fastidiada de la vida mundana en la Tierra, donde todo a su parecer era extraño y excesivo o minúsculo e insignificante, tomó la determinación de irse al lugar que siempre miraba: el sitio donde todo se iluminaba con un azul celeste que inundaba todo y la futura gigante roja indagaba hasta donde llegaban sus extensos rayos, donde las formas tenían sentido y vivían; pero también el lugar donde, posteriormente, todo desaparecía al ser devorado por las tinieblas, cuando el mundo se vestía de difusas siluetas y los demonios, aprovechando tal confusión, subían del infierno.

Encontraba la sucesión de días y noches tan insuficiente, y tan errados en aquellos que le daban un significado a su existencia por completo inadecuado; el comportamiento díscolo de los demás la fue orillando a un fastidio total, a una determinación que se volvía cada vez más innegable en su mente.

Por las noches, frecuentemente, observaba la bóveda celeste y se pensaba en el universo, en esa negra inmensidad del cosmos en la que crecían impresionantes paraísos formados por galaxias, donde el número de astros era irracional y la adversidad no tenía lugar. Así fue surgiendo su idilio por los cuerpos celestes y su violento misterio.

Sin encontrar la forma de interpretar las acciones incoherentes que devenían en sucesos absurdos, que acontecían sin parar y sin transmutar un solo día —como la infidelidad, el engaño y autoengaño, la mentira, la hipocresía, el abandono y todo ese hórrido acervo de acciones que los seres humanos cultivan afanosamente—, eligió buscar una justificación (que nunca encontró) para existir entre sus coetáneos, quienes se interesaban más en sí mismos y su egoísta fruición. Por ende, jamás la escucharon.

Su voz dejó entonces de escucharse y su presencia perdió fuerza; buscó fáciles y rápidos caminos para volver al universo, pero resultaron en complicaciones físicas impensadas.

El último día en que se le vio fue cuando logró marcharse. Su cuerpo se elevó porque era necesario, pues le resultaba imposible continuar por cualquier trayecto terrestre. Aquellos aprehensivos que necesitan saberlo todo dicen que de su cabeza empezó a crecer algo, como una idea que se iba expandiendo conforme pasaban los minutos.

Cuentan que se fue a lo alto de una montaña y que estando allí, de pie, comenzó a desarrollarse aquel globo que llevaba sobre la cabeza y que tenía un aspecto muy peculiar, pues su cubierta era casi transparente, en ella viajaban palabras y frases, ideas que no podían ser leídas, pues se entrecruzaban y cambiaban constantemente; dicen otros que aunque hubieran podido ser leídas, resultarían imposibles de comprender, pues todo aquello era resultado de su ansia de irse, de su anhelo por evadirlos.

También refieren que de su cabeza salieron llamas que alimentaban ese globo, y que se fue elevando hasta ser un punto diminuto que en algún momento desapareció de todas las miradas.

Lo cierto era que Violeta tenía una cabeza flamante que alimentaba un globo aerostático. Y conforme se alejaba, se fue convirtiendo en un astro más en el cielo que expiraría alguna vez, pero mucho después que todos nosotros y nuestra estirpe.

Se fue a existir allá donde todo tiene un sentido y una finalidad, y ahora es ese astro gigantesco y poderoso que quería ser, formando ya parte de la eternidad.

Y a pesar de ver el cielo y no saber exactamente qué gran astro es, ella se manifiesta a quienes la conocieron e intentaron comprender (muy tarde, quizá) a través de sus sueños, en esos viajes astrales por medio de los cuales la encuentran en su forma (re)conocida, en su representación terrenal.

Resultaría imposible suponer que se ha olvidado de nosotros, pues nos visita a menudo a través de la memoria, el inconsciente y los falsos recuerdos, dando por resultado acontecimientos que no ocurrieron, eventos ilógicos o imposibles que embrollan el pasado con una realidad diferente, creando sucesos distorsionados que impregnan de felicidad nuestras vidas y le dan un nuevo significado (aunque falso) al recuerdo... pero, finalmente, qué importa lo falso o lo real, si el interés es el de una emotiva permanencia en los vivos. Vuelve ahora de la única manera en que puede y sabe: por medio de imágenes desdibujadas que ostentan ese sentimentalismo del pasado y que se extraen a la realidad cuando logramos retornar.

He contado tu historia, mujer volátil, para que otros la sepan, para que jamás quedes en el olvido, para que vivas por siempre en el recuerdo de algunos. He contado tu historia porque no me canso de buscarte allá arriba y de preguntarte siempre, aunque no me contestes, por lo menos no con palabras. He contado tu historia porque ahora vives en mí. He contado tu historia porque sé que a través de las palabras se recibe la inmortalidad.

Ahora sólo vivo con el miedo de olvidar el único recuerdo seguro que tengo en mi mente de tu forma terrestre: el de tu voz.

El dueño de los sinos

En aquel tiempo se habló mucho de las Vindicaciones: libros de apología y de profecía, que para siempre vindicaban los actos de cada hombre del universo y guardaban arcanos prodigiosos para su porvenir.

Jorge Luis Borges

Jaubert abrió los ojos y lo primero que vio fue el libro que estaba leyendo minutos antes de quedarse dormido. Por instinto lo tomó, lo abrió en el lugar donde se encontraba el separador y buscó el último fragmento que había leído. En voz alta, siendo ésas sus primeras palabras del día, dijo: «Las Vindicaciones existen (yo he visto dos que se refieren a personas del porvenir, a personas acaso no imaginarias), pero los buscadores no recordaban que la posibilidad de que un hombre encuentre la suya, o alguna pérfida variación de la suya, es computable en cero». El fragmento era parte de un cuento de Jorge Luis Borges, «La Biblioteca de Babel», cuya lectura había iniciado la noche anterior y en medio de la cual se rindió a Morfeo.

Tuvo un vago recuerdo de su visión: soñó que era Dios. Recordó que en su sueño estaba a punto de poner fin a toda la humanidad, aburrido del tedio que pueden provocar miles de años siendo el espectador del juego de la destrucción, tanto individual como colectiva, de una raza creada por él mismo, después de decidir que el universo necesitaba de una fuerza ignorante con la cual entretenerse.

Conforme evocaba aquella visión y haciendo uso de la memoria a su servicio, fue recordando más fragmentos de su sueño y las escenas comenzaron a sucederse sin interrupciones: ahora tenía cabida en su mente una cinta surrealista de continuidad indefinida.

Se vio entrando a un lugar enorme, una especie de pasillo gigante que parecía no tener fin, con sus paredes atestadas de libros de tamaños y colores diversos. Atraído más por la idea de indagar en los textos que por la de buscar la salida más próxima, o examinar la extensión de aquel sitio, se acercó a unos tomos delgados y pequeños. Eran cierto tipo de cuentos con seguimiento o de novelas en capítulos: vidas de niños que morían jóvenes, narraciones desde su nacimiento hasta sus últimos instantes de existencia. Pero también encontró algunos en los que el protagonista moría viejo, pero no había ocurrido algo trascendente durante su existencia. Hojeó algunos más y supuso que si cambiaba de formato, encontraría relatos diferentes.

Tomó entonces un libro de otro estante, mucho más voluminoso que los anteriores. Descubrió que el inicio era el mismo y que también se trataba de una especie de biografía, pero conforme fue saltando hojas y leyendo algunos párrafos, descubrió que la vida de este personaje era mucho más longeva y que terminaba como sería lo natural: en una decadente vejez.

Después de leer decenas de libros diferentes, le pareció muy extraño que en aquella biblioteca sólo hubiera biografías de personajes que él desconocía, con nombres tan comunes y triviales como los de cualquier persona ordinaria.

También lo sorprendió el hecho de que había libros muy cortos, de personas que vivían bastantes años. Notó la existencia de casos contrarios, textos de extensiones extraordinarias de seres que perduraban mucho menos tiempo, siendo la afinidad entre estos dos aspectos (longevidad y extensión) casi nula.

La iluminación de aquel lugar era precisamente la necesaria para descifrar los símbolos impresos en el papel, y la atmósfera era tan densa que los pensamientos permanecían girando a la altura de su cabeza, después de haber sido formados en la mente. Incluso su figura continuaba en el mismo lugar tras haberse cambiado de sitio, desapareciendo unos segundos después. Este tipo de desprendimiento corpóreo o acciones mucho más veloces que la celeridad física o las reacciones musculares lo hicieron formularse, de nuevo, todos los conceptos físicos sobre materia, movimiento y fuerza que tan estudiados tenía ya.

Unos metros adelante se dio cuenta de que había alguien más ahí, una figura difusa aún, pero cierta que, al percibir que era observada, decidió acercarse. Al estar a pocos metros de distancia, Jaubert pudo percatarse de que se trataba de una criatura de esencia etérea, pero su sorpresa desapareció al extender su propio brazo y comprobar que él mismo estaba constituido de la misma sustancia.

La criatura lo miró con extrañeza y, tras un movimiento peculiar de cabeza, continuó caminando. Su figura se perdió por unos minutos, pero regresó, llevando un volumen en sus manos. Al pasar junto a él se lo entregó y después regresó al lugar donde había aparecido la primera vez, en el cual permaneció un momento más.

Las dimensiones del libro no eran descomunales ni mucho menos, tampoco se parecía a los primeros tomos que leyó al llegar. Al igual que los demás, tenía un serial numérico en el lomo. Decidió abrirlo a partir de la primera página y, prodigiosamente, se reconoció desde el comienzo de la lectura, por lo que rectificó su idea inicial: aquello era la Biblioteca de la Existencia Humana, una especie de archivo biográfico-histórico terrenal de cada individuo. Prosiguió leyendo ordenadamente, pues no quería saltarse la más mínima palabra, ya que era su propio vademécum.

Su natural y ávido deseo por saber y dar un sentido coherente, absoluto, a la realidad hizo que su mano diera vuelta a todas las hojas después de encontrar que aquello no terminaba en un punto final, ni en un punto y seguido, mucho menos en una frase coherente. Llegó a la última página y descubrió entonces que no estaba escrita. Regresó las hojas hasta que encontró de nuevo las anheladas grafías, comprendiendo que, en el momento en que despertara, tendría que enfrentarse a una situación decisiva de la cual dependerían su destino y su fin, pues a partir de esa vivencia se definiría el resto de su obra de vida.

Consciente de aquella contundente revelación, decidió modificar su existencia premeditada por algún hastiado dios que, renuente a fabricar una hecatombe, prefería repetir una y mil veces las ordinarias vidas de aquellos ínfimos seres que —cabe aclarar— cada siglo tenían sus muy peculiares excepciones, pues uno de ellos lograba llegar hasta allá. Estos entes únicos eran mediante los cuales la angustia y la fatiga de las fastidiadas deidades titiriteras encontraban consuelo, pues les daba a notar que no todo podía ser manipulado a su capricho, por lo que sólo aquellos hombres que lograban acceder al sitio divino se equiparaban a los dioses. Se rectificaba que la vindicación, cada determinado lapso, era computable en uno.

Para los pocos mortales que también sabían de la existencia de estas leyes universales, tales semidioses actuaban a modo de válvula de escape, un interruptor de salvación de la catástrofe intelectual que acechaba a filósofos y artífices de gran genio desde el principio de los tiempos, pues los incitaba a encontrar un sostén para todas sus excepcionales cavilaciones y descomunal creatividad.

También se ha dado a conocer a contados elegidos sobre los Guías Invisibles, que los astrónomos conocen como *Regentes Planetarios*, entes de energía que a través de su fuerza cuidan y protegen a seres humanos por íntima afinidad, convicciones inherentes a los regentes o lazos descendientes; entidades que también pueden, por sedición, anular dicha protección, ya sea por falta de méritos personales, espiritualidad o misticismo del ser protegido, porque sea agnóstico o escéptico o por causar pérfido daño a cualquier ser vivo.

Jaubert no se dio cuenta en el momento en que empezó a soñar de nuevo, pues cuando un fuerte ruido lo despertó tenía el sueño tan presente como si en verdad hubiese ocurrido. Rememoró entonces lo que sucedió en esa realidad alterna y que habría de modificar su vida; lo que quería saber ahora era el efecto que tendría aquello, sin dejar de ser consciente de que, quizá, el cambio sería nulo.

Pero antes de cualquier negativa o afirmación de actos, recordó algunas experiencias que tuvo en el XVIII Congreso de Similitudes de la Vida Ordinaria con la Literatura, donde la gente compartía sus experiencias sobre qué libros leídos los impactaron más por su analogía con su vida personal y cuyas anécdotas siempre sobrepasaban el tiempo estipulado para el citado evento.

La síntesis a la que logró llegar, justo en aquel momento del día en el que la revelación de su destino estaba a punto de ocurrir, fue que los libros o fragmentos de ellos, en ocasiones, llegan al planeta Tierra a través de médiums, seres humanos que han logrado atravesar ese límite entre lo creado y el creador, quienes, posteriormente, escriben algunas de las experiencias que han conseguido leer en sus viajes, y es por eso que determinados pasajes de textos resultan tan similares a vivencias reales, pues no son sino fragmentos de nuestras vidas escritos en un desfase de tiempo por un visionario.

Decidió entonces no exponerse a peligros innecesarios, pues había leído tantas narraciones que no podría saber en qué destino se encontraría el suyo, y se sobresaltó al cavilar en que los había tan variados como catastróficos y endemoniados, por lo que optó por la reclusión voluntaria en su hogar.

Vivió así por dos años, trabajando todos los días en una obra inédita, de la cual no le habló a nadie, que cambiaría la búsqueda del espacio-tiempo y que se basaba en el trabajo de Roberta Sparrow (específicamente en su libro titulado *The Philosophy of Time Travel*), pues su reflexión, tras su trascendente experiencia, le indicaba que debía dar a conocer a la humanidad un conocimiento que ignoraba y del cual dependía su futuro.

Tenía una cantidad impresionante de borradores y trabajos de investigación inconclusos, porque nunca encontró las palabras exactas, con proporciones e, incluso, fonética perfectas, esas que en una sola frase revelan el secreto del origen de la creación, o que tan sólo en sus formas exponen los enigmas de la energía del universo.

Pensó su obra terminada dos, tres veces. A sus treinta y tres años creyó que se había salvado del terror exterior y que estaba listo para volver. No había soñado de nuevo con la Biblioteca, ni le habló a alguien sobre ella.

Una noche, sabiendo que no había logrado encontrar todos los términos verdaderos, decidió que había terminado. Se fue a la cama pensando en que aquella publicación abriría los ojos de todos, y se sintió satisfecho, pues la misión de su trabajo estaría cumplida.

Segundos después de cerrar los párpados, la Biblioteca estaba ante él en todo su esplendor. A pesar de no haber regresado a ese lugar, sabía que ahora estaba en otro sitio; los colores y los tamaños de los libros no eran parecidos a los que había visto en su primera visita. Tomó uno y su sorpresa fue no poder leer, pues los símbolos eran tan extraños como si se tratara de un idioma por completo ajeno a su cultura, y del que jamás escuchó de su existencia. Ocurrió lo mismo con otros tomos, e incluso notó que aquellos que brillaban de forma extraña modificaban continuamente su información; los misteriosos símbolos se transformaban hasta encontrar un tipo de combinación requerido para continuar con la narración.

Esta vez no se dio cuenta cuando llegó aquel ente que también conoció en su primer viaje, con el mismo libro que le presentó aquella vez. Sin dudarlo, lo tomó con una ansiedad que se transmitía a su cuerpo y lo hacía temblar, pues estaba al tanto de que por fin podría ver el final. Casualmente, abrió el libro justo en la última frase sin sentido, pero notó que ahora estaba terminada. Fielmente narraba todo lo que le había ocurrido a partir de su regreso, sin detalles exagerados, pero sí con acontecimientos específicos que denotaban que cada particularidad importaba.

Preocupado, decidió dejar a un lado su vida y hojear algún otro. Y sin esperarlo, dio con lo que estaba buscando: aquellos libros que tenían luz propia se seguían modificando a partir del hallazgo de aquel manuscrito hecho por él. *Ipso facto*, los destinos de millones de personas estaban siendo alterados, las luces no cesaban incluso en estantes más allá de lo que sus humanos ojos eran capaces de distinguir.

El gran mecanismo de engranajes vivos que se transformaban y modificaban estaba en proceso frente a él. Era el funcionamiento de una maquinaria ancestral cuyos dispositivos encajaban de alguna u otra manera en una totalidad de existencias modificables por el repertorio de caminos opcionales a seguir.

Decidió entonces leer la última página de su vida para anticiparse a su final. Pero en el piso había tal confusión de volúmenes luminosos y apagados que, en el desorden, no logró encontrar el suyo.

Una pequeña flama comenzó a brotar de su muslo derecho, pero Jaubert no despertó. La ascua fue creciendo hasta convertirse en una llama de proporciones considerables. El pequeño incendio se propagó a sus otras extremidades, subiendo por el abdomen, de donde se alimentó de una pequeña capa de grasa. El humo que creaba el fuego inundó la habitación y fue respirado por él.

En su sueño, la humareda real que salía de las flamas que lo consumían se mezcló deliberadamente con su experiencia onírica y su inconsciente transformó todo ello en un siniestro que rodeaba al estante donde él se encontraba en la Biblioteca y, al no poder escapar, se intoxicó con aquella dañina emanación a grado tal que se desvaneció.

Horas después, sobre la cama donde Jaubert habitualmente dormía, sólo había carbón animal. Este incidente quizá tuvo que ver con la lectura en la que se encontraba entonces, *De Incendiis Corporis Humani Spontaneis*.

Spica

El instante sin fin estaba desierto, sin espectadores que aplaudieran, sin gritos.

Amparo Dávila

La idea de cambiar el camino de regreso a casa, tras haber pasado un día tedioso y monótono, como de costumbre, fue tan tentadora que no pensó dos veces en girar a la derecha unas calles antes. Observar esa parte de su entorno, desconocida para ella, fue motivo de alegría; descubrir algunas casas y un gran parque, sólo a unos metros de distancia del camino habitual, le bastó para notar el ensimismamiento del que vivía presa.

La tranquilidad que la invadió de pronto la introdujo en un estado de éxtasis tal que decidió recostarse en aquella porción de bosque, apoyándose en el tronco de un gran árbol. El aire comenzó a pesarle un poco al respirar, pero eso no disminuía la belleza del paisaje que la rodeaba: el cielo que se perdía en una inmensidad azul, las nubes esparciendo distintos tonos de luz filtrada, junto con árboles y arbustos de diversos tamaños, todos ellos emanando vida cada segundo, ornamentados por flores y capullos como cientos de pequeños ojos de iris violetas, amarillos, blancos y rojos.

La luz comenzó a agonizar entre los diversos brazos de un nubarrón y perdía vida cada vez más rápido, por doquier los colores comenzaron a opacarse y respirar el plúmbeo aire de aquella atmósfera le causaba dolor. Comprendió entonces que formaba parte de lo que observaba, que era una fracción diminuta de vida consumiéndose junto con los astros y que ya no tenía fuerza para marcharse. Cerró los ojos, permitiendo que el universo tomara de vuelta la energía que le había otorgado y, en pocos segundos, dejó de sentir el viento y, después, su propio cuerpo. La atmósfera se unificó y resultaba imposible del todo poder obtener una mínima cantidad de oxígeno. Al tiempo en que su corazón se detuvo, experimentó un personal instante infinito.

Al momento en que abrió los ojos, estaba a punto de anochecer y la temperatura había bajado notablemente. Al incorporarse, notó en su reloj que habían pasado más de dos horas desde que llegó a aquel lugar. Decidió ponerse de pie, tomó sus cosas y se sacudió el césped que tenía en la ropa.

En su apartamento fue recibida por una cálida interrogante sin rostro:

—¿Por qué no me avisaste que llegarías tarde?

—Yo tampoco lo sabía.

—¿Y qué fue lo que te retuvo?

—El mundo...

—¿Qué?

—La vida...

—No entiendo lo que dices, ¿podrías ser más clara?

—Perdón, es sólo que tenía trabajo atrasado y olvidé decirte que me quedaría a terminarlo hoy...

—Bien, pues espero que la próxima vez avises antes y no me dejes preocupado.

—Sí, cariño. Lo siento.

No volvieron a hablar en toda la noche. Él, sentado en el estudio y libro en mano, envuelto en esa aura hermética que lo aislaba incluso de sus necesidades fisiológicas, se volvía tan lejano a ella que atreverse a pronunciar una palabra hubiera sido como lanzar una daga a una delgadísima tela de la que dependía el equilibrio emocional del lugar.

Ella, entonces, sabía que era el momento en que precisaba aislarse también en su mundo privado. Se dirigió al caballete que estaba en la estancia, dispuso de papel y lápiz y se introdujo en su invisible pompa.

Con gran placer fue deslizando su mano, coordinando sus distintos músculos y articulaciones, dejando fluir toda la tranquilidad que pudo sentir en aquellas horas de revelación. No paró hasta que notó el cansancio en sus ojos. Después de advertir lo tarde que era, fue a recostarse junto a él, tratando de hacer la menor alteración en la cama, dejando intacta la vorágine sentimental que flotaba sobre ellos.

Por la mañana, cuando él despertó, se sorprendió de tenerla enfrente, con los ojos muy abiertos y cerca de su cara. Él habló primero:

—¿Qué pasa?

—Tienes un aspecto demacrado...

—No he estado descansando bien, no importa cuántas horas duerma, siempre siento un cansancio terrible...

—Te he dicho que no uses más esas prendas hechas de angustia con las que te gusta vestir.

—Pero qué cosas dices, anda, vamos a la cocina a desayunar.

Ese día transcurrió sin alteraciones. A la hora de acostarse, los dos tuvieron un impulso muy fuerte de permanecer abrazados, posición en que quedaron por varias horas. Desde varios meses atrás habían sellado un pacto eterno e implícito, un intercambio análogo de psique individualista que los comprometía a una pertenencia recíproca, pacto que fue cerrado tras haberse extirpado, mutuamente, una pequeña porción del tórax para introducir una parte de su alma en el orificio del otro.

La tarde siguiente recibió una llamada de ella.

—Cariño, hoy también me quedo tiempo extra. No me esperes a cenar, llegaré tarde, quizá tampoco me debas esperar despierto.

—Está bien, amor, tengo mucho por leer y es posible que duerma en el estudio.

—De hecho, no deberías esperarme vivo.

—Siempre tan ocurrente. Cuídate, tú eres quien estará allá afuera.

Como solía suceder, esa noche él cayó rendido sobre su libro, en el escritorio del estudio. Se durmió con las últimas palabras que pasaron rozando sus oídos, en un leve susurro. El teléfono sonó y le pareció haberlo escuchado hasta en los poros de su piel. Responder preguntas que nunca le habían hecho, cuestiones que sólo podían tener un propósito, un fin, era tan fuerte como el hecho mismo. No había lugar a confusión. Se trataba de ella.

De golpe, notó que no se había dado cuenta, en esos últimos días, de que ella no movía los labios para articular las palabras con que dialogaba. Sus labios sólo habían permanecido cerrados y con una leve sonrisa.

Después de la noche del incidente telefónico, concentrarse en algo le resultaba tan difícil y trivial como la vida misma; al sentarse a leer le era casi imposible disolver el cúmulo de pensamientos abrumadores que se cernían sobre él. Las palabras estaban ahí, pero sus ojos sólo veían garabatos sin sentido. Sabía que buscaba una explicación que quizá jamás obtendría, pero no podía dejar de buscar, de preguntarle a las letras de tantos difuntos.

Convivir con la muerte le mostraba el cosmos de incertidumbre, temor e ignorancia que el hombre encubre y minimiza con mitos, justo ahora que los suyos carecían por completo de principios.

Odiaba pasar por la habitación del departamento donde estaban sus cenizas en un pequeño altar, rodeado de arreglos florales de lirios de *longiflorum*, rosas blancas y azahares intercalados con coronas de papel hechas de recuerdos que dolían y que procuraba estuvieran siempre frescos para esparcir sus fragancias, llenándolo todo con una mezcla de perfume lacerante.

Esa noche pasó de largo y se dirigió a la cocina, donde preparó más de ese insípido té para su ánimo roto, en el que diluyó una cucharada de anhelo hecho polvo. Después de beberlo a lentos sorbos, fue a acostarse, esperando que a la mañana siguiente lo despertara la intensidad de esa mirada, tan de ella, tan suya, como cada día.

Desde la noche de la llamada, había estado haciendo lo mismo antes de apagar la luz: leer un fragmento de la última misiva que ella le escribió. «Si no cierro los ojos, no puedo verte cuando no estás conmigo. Haz igual, acuéstate y olvídalo todo, impones el deseo a la realidad, encúbrela con ilusiones y transfórmala con sueños. Ocúltame bajo las sábanas de tu desesperanza y despertaré junto a ti.»

Élytron

A Tristán: in memoriam

*Justo entonces dos hermosos cartíla-
gos transparentes reventaron el abrigo
por la espalda, aleteando con brusque-
dad, castigando al ángel que los había
atado al polvo y al dolor.*

Mauricio Montiel Figueiras

Desde el día en que me vio, supo reales sus pensamientos agónicos, hechos de recuerdos, y sintió un leve estremecimiento en sus extremidades invisibles. Pero jamás se preguntó y menos aún trató de buscar una explicación para mi peculiar fisionomía.

Mi mutación dio origen a nuestro encuentro. Y el dolor de tal acontecimiento quedó pendiendo de una arteria vital que se cortará de tajo el día en que yo muera.

Estaba marcado. Desperté a causa de un dolor insoportable en la espalda; la presión era cada vez más intolerable y la piel de mi dorso no podía soportarlo más. Sentí cómo, a la altura de los omóplatos, dos pequeñas aberturas comenzaron a expandirse, llegando a una extensión tal que pudieron salir de ellas dos cartílagos que crecían lentamente durante varios segundos, expandiéndose tanto que creí interminable su prolongación, hasta que, finalmente, quedé tendido en el suelo, gimiendo más por el desconcierto que por el dolor. Consciente todavía, pagaba una deuda de sufrimiento a mi presente infinito.

Cuando desperté, lo primero que noté fue la luz blanca de la noche sobre mi cuerpo rendido. Al intentar moverme, me percaté de que la sangre se había secado, cubriéndolo todo con una capa rojiza, semejante a un cristal muy delgado y quebradizo, que iba perdiendo su uniformidad según realizaba ciertos movimientos.

Logré adoptar una posición vertical, pero no pude ponerme en pie. Pude ver, entonces, las vendas que cubrían lo que quedaba de mis piernas: pequeños muñones de unos cuantos centímetros, perfectamente seccionados, pero, después de vivir el primer acontecimiento traumático, no lograba encontrar el lugar en mi interior donde alojé mi capacidad para la impresión y ya dudaba de estar viviendo algo real, pues nunca antes había experimentado una visión en la que el dolor fuese tan cierto y de magnitud tal que opacara al deseo de seguir viviendo.

Entonces me senté. Lo que ahora formaba parte de mi cuerpo tenía una flexibilidad increíble, me dediqué a estirar y contraer los cartílagos con membranas que habían crecido en mi espalda. La sangre seca se desprendía en pequeños fragmentos color bermejo que caían al suelo y afligían con su sonido todo mi espacio. Cuando pude estirar los cartílagos en su totalidad, me di cuenta de que su tamaño era mucho mayor al que tuvo mi cuerpo completo anteriormente.

Sin llegar a una determinación para moverme de ese lugar, analizaba la mejor manera de realizar el primer vuelo. No había observado con detenimiento todo mi alrededor, de forma que, cuando giré la cabeza hacia mi lado derecho, pude ver una especie de puerta vidriada cubierta por una fina capa de polvo que aún podía reflejar mi imagen; en ella se reproducía la realidad, pero desde una perspectiva grisácea, fantasmal.

Estiré las membranas para poder verlas en aquel reflejo. Tenían una forma perfecta. Eran alas, pero también, en ese momento, se hizo más notoria la ausencia de mis extremidades.

Fue cuando comprendí mi último recuerdo: el endriago. Y es que estaba a punto de perder la vida, por lo que aquella escena fue suprimida de mi memoria y sólo algunas imágenes quedaron impregnadas, irreflexivamente, en mis recuerdos.

Condenado a permanecer en ese sitio si no hacía uso de mis nuevas adquisiciones, pasaron algunos días y al poco tiempo aprendí a elevarme, a moverme libremente, a una altura moderada. Y lentamente fui mejorando respecto a mi nueva alteración.

Desde entonces no vivo en el mundo que conocía. Todo parece tener límites, pero no es algo que pueda asegurar. Jamás encontré a ser vivo alguno. Y en realidad no he ido muy lejos, porque al igual que todos los hombres, fiel a mi naturaleza, siempre he temido a lo desconocido. Es el mismo temor que tiene un peso angustioso en mí al saberme en un sitio recóndito. Creo que me ha transportado aquel ser que prefirió cercenarme a terminar con mi existencia, por lo que me sé en una ínsula ruinosa a la que tantos, con razón, temen.

Las jornadas transcurrían sin mayor cambio, generalmente dormía durante el día y, al aparecer la luna, despertaba. Pensaba en llegar a ella un día y, a diferencia de Ícaro —a quien se le derritieron las alas bajo la soberbia, junto con la esperanza, desleída de manera homogénea con la cera—, yo sí lograría llegar a mi destino.

El segundo día importante, desde mi llegada, fue cuando nos encontramos. Una noche él me vio, fue la ocasión en que me decidí a volar un poco más alto. Él estaba sentado en la rama de un árbol con milenios enroscados y memorias sofocadas por la gravedad.

Cuando lo miré estaba atónito, perdió el aliento y sus ojos se abrieron tanto que se convirtieron en dos círculos de plata relucientes, con un brillo tan infausto y penetrante que me atrapó, cual inmensa red de hilos maravillosos y hábilmente tejidos.

Él no se movió un centímetro al verme llegar. Me quedé muy cerca, con nuestros hombros a punto de tocarse. Y así pasamos largas horas, sin decir palabra alguna, sin contacto físico. Y una mirada suya bastó para salvarme.

Miradas cómplices, que hablaban más que las palabras y entendían más que la razón. Viéndonos, llenándonos cada uno del otro, escuchando pensamientos mutilados y dolidos, sentimientos vendados, en convalecencia, creamos una sala de recuperación para espíritus después de una innecesaria operación.

Sus piernas se veían intactas y siempre fue para mí un misterio verlo perpetuamente sentado. Parecía muerto en vida, de no haber sido por sus ojos. El inmenso árbol lo hacía parecer una hoja sintética mecida por el viento, un ornamento inmortal que, al paso de las estaciones, se mantenía en el mismo lugar y no cambiaba de tono.

La lluvia corría sobre su cuerpo con gracia tal que las gotas que no tenían la suerte de tocarlo se precipitaban a su muerte con mayor velocidad, desdichadas. Las gotas elegidas, que circulaban por su rostro, limpiaban su dolor. El aire jugaba con sus cabellos y con todo su ser, penetrando y atemperando su estática. El sol le quemaba la memoria y cualquier pensamiento, obligándolo a mantener los parpados cerrados y a vivir pequeñas hecatombes día tras día.

Así transcurrieron tres años en los que nada nos hizo falta para sabernos nuestros. Tres años en los que las entregas incorpóreas transmitían más que diversos fluidos corporales y que las palabras en sí, pasábamos la delgada línea de los significados convencionales y el egoísta contacto físico.

Éramos dueños de la atmósfera y de la energía, podíamos manejar algunos astros a nuestro antojo; fue por lo que a ella le pareció que conspirábamos en su contra. Y llegó la fatídica noche cuando la que ilumina no acudió a nuestra cita. Fue la misma ocasión en que perdí mis dos reflejos de plata, la noche en que fui cercenado por segunda ocasión. La noche en que el endriago erró: esta vez mutiló una parte de mí ajena a mi cuerpo.

Hubiera sido menos doloroso que cortara mi cabeza, que hurtara mis entrañas, que extirpara lo vital; siendo alma podría tener aún la dicha de permanecer al lado de aquél, de la mejor manera: dentro de su ser.

En todo este tiempo solo, he llegado a la conclusión de que las alas son el equivalente de un corazón y por eso es preciso injertarlas a un moribundo. El castigo del endriago es inalienable, y ahora hay dos cuerpos en el mundo errando entre la miseria de la desesperación y el olvido.

Y en cada sombra de luz del universo veo la figura anhelada. Y eternamente te pensaré, hasta el día en que te sea imposible ignorar la fuerza con que te llamo y escapes del celar que te tiene cautivo para poder llegar a mí.

Jeremiades

La causa de este hado funesto fue la necesaria exteriorización de su caótico y discrepante mundo interno. Saber el poder del que era capaz no fue su dilema, sino llevarlo a cabo, utilizando como medio de proyección sus ojos y manos, siendo consciente de que su mente podría crear el mismo infierno sobre la tierra.

Cerró la puerta con llave, por dentro. Encendió varias velas y pequeños conos de incienso por todo el interior de la casa, en la planta baja y en el piso superior.

Sólo quedaba una mesa grande, al centro, con materiales suficientes para toda la noche, y ésta sería larga, acompañado únicamente de sus manos y su plan de mera entelequia delirante. Sabía lo que tenía que hacer, así que no demoró más de cinco minutos en tomar la tiza y escoger un muro pequeño. Su estado de excitación le permitió una soltura no experimentada antes: trazos largos o cortos, delgados o gruesos, pero siempre trágicos, con el toque de la fatalidad en cada centímetro, con la dulzura de sus dedos imprimiendo un desastroso tártaro, confundiendo luz y sombra, entrelazando pecados y buscando la armonía en medio de aquella hecatombe.

Los trazos confusos, pero precisos, empezaban a tener movimientos propios; las líneas entre los muros se hicieron un solo paisaje; el éter denso, el humo fragante y su fervor, que se manifestaba a través del sudor en su frente, se confundían en el exterior con aquella penetrante e incandescente afluencia de aromas que se dispersaba a través de sus espirales multiformes.

Cuando no quedaba mucho de la pintura original de aquellas paredes, las líneas comenzaron a vibrar y a realizar una extraña danza. Figuras completas se desadormecían y monstruos poliformes cobraron vida en el plano existencial de Jeremiades; comenzó entonces a escuchar voces difusas que fueron aumentando de fuerza gradualmente, hermosas criaturas mezcladas con horripilantes visiones, de una cosmogonía perteneciente a un ingenio propio de El Bosco, semejante al Infierno en *El jardín de las delicias*.

Entre la confusión, y al no poder serenar el movimiento frenético de sus manos, logró observar a los lados y se dio cuenta de que su creación estaba hecha, mas no terminada. Los desplazamientos de sus trazos eran innegables, cada figura danzaba al unísono de las flamas, que eran cada vez más intensas, llevando a cabo un baile conjugado y magnífico, en el que, a los pocos segundos, él mismo se hizo partícipe, interviniendo con gran placer en el aquelarre.

Humanos, endriagos y esperpentos, pertenecientes a alucinaciones fascinantes, lo rodeaban intercambiando pasiones; aquélla era ya una orgía de miembros y perdición de individualidades, con un delirio desmesurado.

Los lúbricos placeres fueron saciados y, poco a poco, aquella horripilante y espléndida fiesta de procreación entre diversas criaturas iba perdiendo su fuerza inicial, hasta que quedaron unos cuantos de pie.

Era una sola intención la que debían cumplir ahora. Tomaron el cuerpo de Jeremiades, extenuado y desnudo, para colocar la soga alrededor de su delicado cuello. Una cuerda que tenía esperando algunos días, los suficientes para dejar claro su papel fatídico y no de simple ornamento, el tiempo preciso para eliminar las dudas de su mente.

Miró a su alrededor, sabiendo que así era como tenía que terminar todo y no opuso resistencia alguna, pero no pudo evitar que una insignificante gota rodara sobre su mejilla derecha, borrando así parte de la mano de la mujer que lo sostenía en ese punto, haciendo que, suavemente, perdiera su esencia, pues sus dedos se esfumaron en la atmósfera.

Ya sobre el banco y con la soga en su cuello, dio el último paso, ese que lo retenía en un mundo al que había llegado por accidente. En el mismo instante en que Jeremiades abandonaba su cuerpo, cerró los párpados para poder alejarse sin volver a contemplar su perversa e incontrolable obra.

Expiró en medio de aquel desastre, ofreciendo su obra final como despedida, cumpliendo con el castigo de su destino y cerrando las puertas del Báratro tras él.

Y conforme el día nacía, sus insólitos *golems* de tiza regresaban a su estado primigenio: algunos reptaron por las paredes, otros tomaron su lugar inicial en aquella terrorífica conflagración o quedaron perpetuados allí donde los sorprendieron los rayos solares; los restantes simplemente se fundieron en negruzcas manchas que anularon sus particularidades amorfas.

Las ventanas entreabiertas dejaban ver el horror de la noche anterior. No pasó mucho tiempo antes de que algunos hombres curiosos se introdujeran al lugar, después de forcejear con la cerradura de la puerta.

Las paredes estaban marcadas con pasajes demoníacos y caóticos, orgías de figuras sin forma; entes demenciales entrelazados, separados o buscándose entre las sombras. Pero ni una sola figura humana aparecía en ellos.

Aquella obra creaba en quien la observara sentimientos encontrados de encanto y desesperación. El autor del que hubiera surgido no podía ser humano, pues, a pesar de que los límites de la imaginación nunca se habían establecido, estaba claro que esto los sobrepasaba.

Las autoridades, que no tardaron en acudir, tomaron la determinación de quemar ese horror de inmediato ante el pavor de los presentes. No dudaron un instante en derramar petróleo a los alrededores de la vivienda y prenderle fuego. El inmueble se fue consumiendo lentamente, con llamas que surgían desde sus cimientos, como si el lugar aclamara y se extinguiera a sí mismo para evitar dejar rastro alguno sobre la tierra. Su destrucción debía ser total.

La conflagración fue acabando con todo, los muros adoptaron un tono negro que disipaba cualquier rastro de imagen en ellos; algunos espectadores creyeron ver cómo las criaturas subían para evitar las llamas y cómo se retorcían ante el dolor, pero evitaron decir palabra alguna al temer por el juicio que harían de su propia cordura, cediendo las delirantes visiones al impacto que les causaron en primera instancia.

Nunca tuvieron conocimiento del cadáver exhumado que habitaba el piso superior.

Licornio

Debes aprender que no hay presa ideal. La mayoría de las fieras o bestias son agresivas y más vale ir con cuidado. En mis cientos de años como cazador, he vivido tantas experiencias que podría narrártelas por días y noches sin repetir alguna.

Yo he puesto fin a miles de monstruos, pero batallé sobremanera con este unicornio, pues no hicieron efecto las flechas envenenadas con que maté al minotauro, que asolaba y se comía a los comerciantes en cierta época de abundancia; o al cíclope, que empezó a robar el rebaño de otros pastores y a quien tuve que subyugar; o al conjunto de cuadrúpedos (que son mi especialidad), como el centauro alcohólico que solía rondar por las noches y hacer estragos en los cultivos, agrediendo a quien se interpusiera; o la mantícora que, con sus venenosas púas, cazó centenares de jóvenes para devorarlos y

125

que estaba aliada con un solitario *wyvern*, ambos utilizaban sus colas con los mismos propósitos: para envenenar y, posteriormente, engullir a sus víctimas.

Es mi obligación hacerte saber que las injurias y los agravios más grandes que se nos han hecho fueron por parte de los sátiros. Hace algunos años llegó un grupo de estos particulares seres, eran aproximadamente diez. Durante las primeras horas, todos sentimos una extraña curiosidad hacia ellos y nos acercamos. Pasado un rato, comenzaron a tocar una agradable melodía con sus flautas y notamos que, en especial, las mujeres sentían una curiosidad más intensa. Pidieron vino y una mano caritativa se los ofreció, fatídico error que pagarían con su muerte, pues la agradable convivencia se trocó, de pronto, en una fiesta sin control, en una gran bacanal donde los sátiros aprovecharon para seducirlas y así poder satisfacer sus deseos sexuales.

Fuera de traer innumerables peleas y problemas con los hombres, aquella orgía ahuyentó a los animales domésticos y los rebaños, por lo que al día siguiente, sumando la pérdida tan sentida de aquel ganado al malestar físico general que gobernaba, se tomó la determinación de ahuyentar para siempre a los sátiros que, sin embargo, lograron marcharse con algunas de las mujeres.

Un ataque similar, pero al otro género, fue el que hicieron las arpías cuando, precisamente, diez de ellas optaron por tomar como hogar una de las cuevas en el litoral de cierta playa cercana. Me llegó el aviso de la desaparición de algunos hombres que trabajaban en la costa y decidí ir junto con algunos cazadores más, después de averiguar y deducir que no era un único ser el que realizaba tales artimañas, pues desaparecían grupos de hasta siete u ocho trabajadores en una tarde.

Fui junto con otros dos cazadores a la zona señalada y lo primero que escuchamos fue un canto arrebatador y atrayente, procedente de las cuevas. Al acercarnos más, descubrimos que se trataba de varias mujeres de un aspecto muy singular, pues en lugar de brazos tenían alas y estaban completamente desnudas. Antes de aproximarnos, nos percatamos de que otros hombres, a los que en realidad se dirigía aquel cantar, estaban casi frente a ellas, caminando lentamente y sin dejar de mirarlas hacia el rostro.

Lo que rompió nuestro encanto fue verlas desgarrar sus cuellos y cabezas e introducir los cuerpos a la cueva, donde los destazaron y comieron sus vísceras. Fue entonces cuando uno de los cazadores les lanzó varias potentes flechas, por lo que nos descubrieron. La batalla fue dura, pues al pelear contra seres alados siempre se está en desventaja, pero nuestras armas sustituyen ciertas carencias con su fuerza y poder.

Y ya que estamos en la costa, te contaré sobre el leviatán que causó estragos y con el que enfrentamos una de las batallas más encarnizadas que jamás hayamos vivido los cazadores, en la cual el poderoso kraken nos dio la victoria definitiva. Hacía días que un gigante marino acechaba las aguas profundas, pero era uno que nunca antes se había visto, pues el kraken realizaba sus apariciones cada determinados meses, cuando estaba hambriento de nuevo, llevándose a su retorno algunos barcos de pesca.

Lo que desconcertó en esa ocasión a los capitanes fue ver que aquella criatura no se asemejaba en nada al ya conocido y temido kraken, pues a pesar de tener un tamaño enorme, era más pequeña que el rey de las profundidades y la destrucción. Además, carecía de tentáculos, tenía cabeza de serpiente, así como un cuerpo alargado y escamoso.

Logró devorar a la tripulación de algunos barcos mercantes y decidí intervenir cuando las súplicas no cesaban de llegar. Encontré entonces a un grupo de cazadores que se preparaba para la gran expedición. Pocos días después salimos en el navío más grande y fuerte que quedaba en buen estado.

No tardamos en entrar en aguas profundas y tampoco nos hizo esperar el leviatán, que parecía estar preparado. Sus embestidas eran tan poderosas que el navío estuvo a punto de volcarse en varias ocasiones y la mitad de la tripulación se precipitó en el vasto océano. Seguíamos luchando con nuestras lanzas y armas de fuego, pero parecían inservibles ante tal espécimen. Y de pronto ocurrió lo que nadie hubiera imaginado: los fuertes y poderosos tentáculos del kraken aparecieron justo para apresar al leviatán, quien, confundido, no tenía forma de defenderse ante semejante ataque y fuerza. Fue sumergido y del agua salían grandes olas que nos alejaron decenas de metros del centro de la batalla, donde el kraken y el leviatán luchaban en una feroz disputa. Después de varios minutos de intenso combate, pero sin volver a liberarse jamás de los tentáculos del kraken, el leviatán dejó de pelear por su vida. En un evidente estado de cansancio y gravemente herido por las mordeduras del kraken, quedó en una quietud impresionante.

El kraken entonces comenzó a sumergirse con tal rapidez que lo único que quedó tras ellos fueron unas grandes burbujas que salían del fondo del océano, hasta que la calma volvió por completo. Regresamos felices y celebramos el éxito del kraken, a quien desde entonces enviamos, en forma de gratitud, cargamentos de reses y ovejas cuando se aproxima la fecha de su aparición.

Memorables fueron los diversos ataques que sufrimos por colonias de estirges que se alimentaban de la sangre de niños pequeños, quienes, debido a su tamaño, no sobrevivían a las agresiones. Tras algunas ofensivas en que escapaban dichosas, encontramos la manera de deshacernos de ellas más fácilmente, ya que después de sus acometidas, con las barrigas repletas de sangre infante, iban a descansar y a dormir a cierta cueva, donde quedaban colgando boca abajo y, al poco tiempo, entraban en un estado de inconsciencia que las dejaba vulnerables. Así, los demás cazadores y yo aprovechamos para terminar con todas.

Pero también he tenido que matar a algunos seres quienes, más que por convicción o por maldad, han sido utilizados por otros humanos para crear caos y destrucción, como el caso del hipogrifo.

Existen también los que nos atacan para hurtar, como la quimera que nos agredió debido a nuestro santuario, adornado de joyas y metales preciosos, pues pretendía llevarse todas las riquezas a alguna guarida, pero en aquella cacería yo sólo ayudé en la batalla, el verdadero héroe fue Belerofonte, quien sobre Pegaso logró darle el golpe de gracia con su lanza, en la memorable lucha en que defendimos nuestros tesoros.

Sufrimos después el asalto de unos licántropos, que sólo atacaban ancianas que vivían solitarias y alejadas de los demás; a ellos les di muerte siguiendo los consejos de la tradición de la bala de plata, pues cualquier otro metal causaba un daño reversible en ellos.

En otra ocasión, un ogro se dedicó a secuestrar a pobladores con muchas riquezas para poder robárselas. Recuerdo que esa hazaña la logramos entre dos cazadores y yo, quienes, aprovechándonos de la torpeza del ogro, le tendimos una astuta trampa. Todo salió tal como lo planeamos y lo dejamos morir de hambre en una gran fosa, que construimos justamente con esa finalidad. A los pobladores no los pudimos rescatar con vida, pues sus cuerpos habían formado parte de un banquete unas horas antes, pero conseguimos que ninguno más cayera en sus manos.

El motivo de que se puedan ver dragones en el cielo, cada cierto tiempo, es porque éstos siempre suponen una batalla mucho más difícil y peligrosa, de lo cual se deriva que no siempre les damos muerte, pero hemos logrado que cambien de hogar, como en el caso de uno de los inmensos dragones rojos que dejó nuestras montañas y esperamos que no regrese. Los dragones dorados que sobrevuelan los límites de nuestras tierras son nuestros aliados, deberás aprender a distinguirlos, de eso dependerá en algún momento tu supervivencia.

Claro que todos estos logros me han robado juventud y fuerza, me han costado largos viajes e innumerables heridas, sufrimientos y desazones.

Pero mención honrosa y aparte merece este ser especial por el que me has consultado, el licornio, al que tú conoces como unicornio. Cuando me refirieron la atroz historia, no di crédito a aquello, como supongo que tú tampoco lo harás.

Ésta fue la más importante de mis cacerías, pues yo no había visto jamás con mis propios ojos a un licornio y mucho menos había pensado en cazar alguno. De ellos se decía que eran seres de una pureza y ascetismo tales que resultaba imposible pensarlos capaces de llevar a cabo algún acto perverso.

En una zona específica del bosque, justo donde había un espléndido claro, en pocos días florecieron unas magníficas y variadas flores que jamás habían visto los habitantes de la región.

Se decía que era el último de su especie. Fue perseguido por décadas, pero había sobrevivido precisamente por los dotes de capacidades místicas con que fueron concebidos los de su género. No fue fácil terminar con él y mucho menos hacerlo rápido, pues había que finalizar primero con el encantamiento que creaba su belleza, en el cual la mayoría de sus perseguidores había caído.

Decidí visitar aquella parte de la floresta y permanecí oculto durante varias horas, sin lograr ver al famoso animal. Cuando caía el sol, en el atardecer, logré escuchar algunos sonidos de rápidas pisadas. Me escondí y pude ver que llegaba el unicornio con una especie de bulto en su espalda. Se paró justo debajo del claro, con una escasa luz debido al próximo término del día, y dejó que el bulto cayera sobre las flores. Entonces con su cuerno comenzó a cercenar aquel cuerpo, que no pude distinguir si era de hombre o mujer, ni su edad.

No podía dar crédito a lo que veía, a aquello que estaba sucediendo ante mí: aquel monocerote estaba agujereando el cuerpo. Acto seguido, engulló todas las vísceras y la carne que pudo de la manera menos delicada posible. Al terminar, dejó los restos en el mismo sitio y se fue con una gracia tal que resultaba imposible sospechar lo que había hecho en el lugar segundos antes.

Yo he visto infinidad de hórridas acciones y escenas violentas, repulsivas, pero ninguna realizada por un ser de tal belleza.

Se había escapado y ahí estaba yo, mirando a un punto inexistente. Pensé en llevar a cabo la cacería, pero no podía moverme. Un par de horas después, pude ver la transformación de los restos del cadáver en hermosas flores, diferentes a las que estaban ya en el claro. Tales capullos crecieron con una rapidez y un encanto repentino, además el olor de ese sector del bosque era embriagador y dulzón.

Dormí, sin pensarlo, en aquel sitio y, cuando desperté, la luz del sol daba de lleno en el claro y sobre las agraciadas flores. El unicornio llegó mucho antes que el día anterior con su víctima, que esta vez era mucho más grande, venía clavada en su cuerno. La dejó caer en un lugar diferente al de su última pieza de caza y empezó el mismo rito de alimentación.

¿Qué clase de monstruo era aquél? Uno que no coincidía en absoluto con su físico ni con sus antecedentes, uno que, a mi juicio, en realidad no debería existir.

Sin meditarlo una tercera vez, le arrojé una de mis flechas envenenadas. La sorpresa fue ver que aquella saeta le hizo un daño del que se restableció al instante. El licornio se dio cuenta de mi presencia y quiso huir, asustado. Utilicé, entonces, una lanza, la cual le arrojé justo en la arteria principal del cuello y, después de clavarme sus hermosos ojos en una mirada que percibí como una pregunta, como una búsqueda de respuestas, cayó sobre las flores y parte del cadáver.

No tardó en desangrarse y, al morir su cuerpo, se fue desintegrando poco a poco, dejando en su lugar unas finas y radiantes cenizas que se fueron desvaneciendo con el viento.

Nunca me he arrepentido más de una muerte.

Nómada

Éste es un paisaje que cambia como el follaje de los árboles con las estaciones, testigos mudos de desgracias amontonadas hasta el hartazgo. Esta ciudad se ha sacudido para librarse de tantos y, sin embargo, nos sigue atrayendo con su magnetismo. Es un pastiche de ideologías, prejuicios y tolerancia, antipatías y fraternidad.

El encanto particular de la calzada de Tlalpan reside en su identidad: quienes la habitan son híbridos entre hombres y mujeres cuyas categorías se difuminan en la noche, en los billetes de los que buscan entretener sus propios dolores con cuerpos ajenos.

Mi ser ligero se desplaza indiferente a la vida cotidiana, a sus aversiones. Observo más de lo que soy capaz de acumular en mi mente, experimento más de lo que puedo analizar.

Camino hasta agotar mis extremidades, mis pensamientos. Soy una luz que avanza hacia las sombras de lo desconocido, un mecanismo que no conoce el retroceso. Frágiles barreras de piel y tinta me delimitan de las miradas tenaces que me hacen andar con prisa, casi a galope, alerta. Aprendí aquí, en poco tiempo, que la confianza es un lujo reservado para pocas ocasiones.

Me he deleitado con las bellezas únicas de la popular vía que une al Centro Histórico con el sur de la urbe, pero también he sido amenazado con armas de filo y fuego, con palabras hostiles, de ahí que sienta el miedo a cada paso para después esconderlo muy bien y poder continuar.

Soy un visitante que se apropia del horizonte desde la perspectiva otorgada por la lejanía, que nunca deja de ser un extraño. Aquí todo está cubierto por una capa de polvo como si fuera remoto, como si estuviera a décadas de distancia. Soy alguien que espera siempre a cada vuelta de la esquina una fachada antiquísima, hermosa; unas ruinas peculiares; una sacudida de alma, de ánimo o de cuerpo; porque la ciudad es así: una sorpresa, una amenaza, un aviso constante. En eso reside su magia.

El pasado aquí es la última estación visitada, el último autobús o auto abordado. El pasado sólo puede contemplarse hasta hace unas horas, un par de días, cuando mucho. No se puede cargar porque no cabe en los bolsillos, por más grandes que éstos sean. En cuanto a las penas, siempre viene una más grande a opacar la anterior.

Las viejas larvas de metal y caucho surcan incansablemente las entrañas de este camino; ríos de vehículos y personas infatigables la invaden, la consumen, la derrumban mientras otros cuantos intentan rescatarla. Lo único que puedo considerar mío es el tiempo muerto, los minutos, las horas eternas de los traslados siempre repletos de personas apresuradas e inmersas en sus pequeñas soledades.

No tengo un hogar, tengo cientos: convierto en propio cualquier espacio donde paso más de dos horas. Al igual que yo, el que viaja escudriña, indaga en otras tierras e individuos, en otros seres. Busca en corazones ajenos. Mis destinos, más que lugares, son nuevos ángulos para observarlo todo, incluso a mí mismo.

De repente este sitio vuelve a ser desconocido; cierta crueldad se posa en mi pecho. No encuentro a qué aferrarme en esta vasta lobreguez. Las experiencias dejan un eco en mí y siento cómo vibro; miro que los demás lo hacen también, tal vez de emoción o de miedo, de no saber si éste es el destino final o si solamente es otra breve pausa.

Circuito cerrado

Always eyes watching you and the voice enveloping you. Nothing was your own except the few cubic centimeters in your skull.

George Orwell, 1984

Los jueves eran de robo, pero de un momento a otro, el de esta semana se convirtió en jueves de muerte. Lucía vio todo en cuanto se registró en una de sus cámaras, y pasó los últimos diez minutos repitiendo la escena en cuadro por cuadro o cámara lenta, encontrando diferentes detalles. En la última reproducción, por ejemplo, notó que la intención del conductor fue, desde un principio, aplastar el cráneo, realizar un trabajo impecable.

Ésa era la tercera muerte desde que empezó a dedicarse a observar a los demás, pero las anteriores ocurrieron siempre en domingo. Miró el incidente de nuevo para tratar de convencerse de que el animal no había muerto, pero vio el cráneo estallar una y otra vez, y le resultó imposible modificar el pasado por más que insistiera en pausar el tiempo en el segundo anterior a ese mínimo desastre.

Aquel canal de compras 24 horas parecía una total pero obligatoria pérdida de tiempo hasta que anunciaron el circuito cerrado de televisión que terminó por adquirir. Pagó la oferta que incluía la instalación y un curso básico. Se convirtió en un testigo mudo e invisible. A los pocos días, recibió una invitación para vender su material a la Sociedad de Voyeristas Anónimos (cuya relación con Vecinos Vigilantes ha sido clandestina desde sus inicios), y decidió aceptarla por la comodidad de permanecer en casa.

Notó pronto que la SVA aumentaba su retribución si en los videos se registraban actos sexuales, violentos o sanguinarios, de ahí que las noches de jueves a domingo se convirtieran en las mejores, pues en éstas, con seguridad, ocurría al menos uno de esos bien remunerados eventos.

Desde entonces, cada mes verificaba que todo el sistema estuviera en orden para archivar con precisión taxidermista, en distintas carpetas digitales y según los días de la semana y acontecimientos, sus grabaciones.

El aislamiento de Lucía dependía por completo de la vida de los otros. Para ella, espiar representó lo que mejor sabía hacer: imaginar, sospechar, conjeturar. Esperar. Crear y ser fiel a una ficción propia.

Su mirada indiscreta se aferró durante años a contemplar existencias ajenas, a vigilar con especial cuidado, a través de varias lentes que le otorgaron el anonimato, todo aquello con lo que logró encubrir su vacío.

Se enteró de distintas rutinas y horarios, de secretos y acciones peculiares. Sabía quién, a la vuelta de la esquina, maldecía al mismo que saludó segundos atrás, soltaba un escupitajo consistente o devoraba, con mirada cínica, a los peatones. Contempló pleitos, infidelidades y abusos; todo lo que reflejaba la verdadera naturaleza humana. Era una sombra que se adaptó a diversos cuerpos, una delatora, la extensión de una memoria infinita con múltiples ojos y oídos.

El domingo, Lucía observó temprano, gracias a la cámara del pasillo interior, a un niño tocar de puerta en puerta. Al llegar a la suya, ella notó cómo, al igual que cualquier otra persona que se sabe observada, él titubeó. Aquella mirada cíclope de pupila roja y aguda solía ahuyentarlos tras el primer intento, pero éste insistió. Cuando abrió, el niño le preguntó si había visto a su perro. Lucía respondió que, hacía unos días, una de sus cámaras registró un accidente que involucró a uno. Ella le preguntó si quería ver el video, pero al niño se le inundaron los ojos y se echó a correr.

Más tarde, Lucía reconoció en la primera cámara al auto que modificó los jueves de robo. El vehículo se detuvo al tiempo que bajó la ventanilla del conductor. Un hombre sonriente miró la cámara que lo enfocaba, guiñó un ojo y señaló hacia delante mientras el auto ganaba velocidad con rapidez.

Lucía dejó de respirar por un instante, retrocedió con angustia hasta tocar el respaldo de su silla y sintió cómo una diminuta ráfaga helada avanzó por su espina dorsal después de mirar, en la pantalla contigua, al niño con el que habló a punto de ser embestido.

Temporada de caza

La crueldad tiene corazón humano y la envidia humano rostro; el terror reviste divina forma humana y el secreto lleva ropas humanas.

William Blake

Por tercera vez durante esa ronda nocturna Joaquín había dado en el blanco. Ejemplares de una liebre, un tejón y ahora una tortuga —a la que por mera imprudencia le atravesó la cabeza con una saeta— eran el botín dentro del grueso costal que cargaba Néstor, su padre. Pronto sería la una de la mañana y la temperatura descendía sin tregua con la única intención de defender lo suyo. Néstor no tardó en ordenar que volvieran a la camioneta, ya examinarían al otro día dichos especímenes para determinar cuáles conservarían.

La extensa zona desértica de los alrededores de Samalayuca era perfecta para las primitivas prácticas en las que ambos estaban inmiscuidos. Néstor, en diversas ocasiones, le había contado que durante su juventud solía cazar más por necesidad que por gusto. Cuando le hablaba de aquella época, lo hacía con una voz ambigua, con la indiferencia de quien relata desgracias tan remotas como los siglos. Afirmaba que desde esos días le quedó el hábito por llevar siempre cualquier tipo de arma y el gusto por elegir a sus presas, pero, sobre todo, aprendió a palpar y contemplar la muerte.

Néstor también solía recordar cómo, después de que su propio padre y sus dos hermanos mayores viajaron al norte, él, su hermana pequeña y su madre empezaron a recibir cierta cantidad de dólares con regularidad. Lograron mudarse a una zona de construcciones mucho más amplias y, durante más de una década, las llamadas, cartas y fotografías se empeñaron en ocultar la distancia y el vacío que comenzaron a ganar terreno. Tampoco había olvidado que en aquellos años parecía existir sólo una forma de pasar el tiempo muerto en ese arenal infértil: en un exceso de cualquier tipo que, mientras para la mayoría significaba la embriaguez, para otros como él radicaba en el acecho.

En el transcurso de vuelta a casa, Néstor no perdió la oportunidad para mencionar que esa neblina que estaban atravesando volvía cada año, durante la misma fecha, para evitar que olvidara a los de su sangre. La reconocía, en ella viajaban susurros y era tan densa que la podía oler y sentir. Sus palabras se entrelazaban en la cabina en la que penetraba el silencio eterno del desierto dando vida a un nuevo relato que describió cómo su hermana fue declarada desaparecida dos semanas antes de su cumpleaños número veinte. Cómo, la noche envuelta en amargura de un sábado similar a éste, ella no regresó a casa, y cuánto se especuló al respecto. Nunca la culpó por haber huido del hastío, pero sí de dejar en su lugar una pena tan profunda, que terminó por asfixiar a su madre. Desde que se quedó solo, sentía cómo el odio que albergaba crecía poco a poco, y para él no existía otra culpable: si su hermana sufrió un final abominable y su cuerpo yacía desfigurado en alguna fosa común clandestina, era mejor no saberlo.

Néstor comenzó a viajar a Gómez Farías. Ganó varios concursos anuales de caza y pesca, conoció un círculo social nuevo y la taxidermia. Por su destreza y puntería con el arco, formaba parte de un grupo selecto de cazadores que se reunía todos los viernes por las noches en diferentes zonas protegidas del desierto chihuahuense. No tardaron en ofrecerle el cargo de concejal de Seguridad del Ayuntamiento del Municipio de Juárez, función que ejerció por diversos periodos.

Durante esa buena racha buscó un nuevo hogar en una zona residencial y a la mujer con la que procrearía. A los dos meses de la boda civil, celebrada durante tres días y sus respectivas noches, esperaban a Joaquín, su primer hijo. Todo transcurrió con aparente tranquilidad hasta que el niño cumplió dos años, cuando su esposa le anunció que estaba embarazada de nuevo, pero esta vez de una niña.

Tras la noticia, no pudo más que esperar a que anocheciera. Luego de acostar al niño, llamó a su esposa al ático, el único espacio de la casa que estaba reservado para su colección de armas de fuego, arcos y ballestas. Cuando ella entró, él tenía preparada en su escritorio una 9 mm con silenciador. Le dijo que era su nueva adquisición y ella solamente esbozó una sonrisa. Como cada que se alteraba, empezó por recordarle su gran parecido con su difunta hermana. Néstor le pidió entonces que se acercara, que tomara el arma para sopesarla, para sentir el acero frío y apreciar toda su belleza como era debido. En cuanto ella la tocó, él le mostró cómo sostenerla correctamente y llevó con firmeza la mano con el arma hasta su sien. La reacción de ella fue retirar lo más rápido posible el arma, que se disparó al aire por el forcejeo con su esposo, pero él logró controlar la situación y hacer que el siguiente disparo se alojara en el lugar preciso.

Dejó el cadáver sobre una de las alfombras turcas y realizó las llamadas pertinentes. Una hora más tarde el levantamiento del cuerpo se realizaba tras el debido papeleo. La causa de la muerte se determinó como suicidio.

De sus primeros años, Joaquín tiene recuerdos muy vagos, pero las imágenes que no lo han abandonado son las de aquellos magníficos ejemplares disecados en el ático al que subió en contadas ocasiones y siempre de la mano de su padre. Esa habitación era el diorama perfecto de una pesadilla: las sombras por los cambios de luces, tanto naturales como artificiales, creaban fantasmas más atroces que las figuras de las que se desprendían, y siempre que daba algún paso dentro de ese infierno imponente que no por ser ficticio era menos aterrador, presentía una amenaza en todas y cada una de esas bestias, incluso en las más pequeñas.

Joaquín era poco expresivo y su autoritario padre reprimía todo signo de inconformidad respecto a cualquier tema, pero pensó por primera vez que quizá no eran tan parecidos cuando, durante la temporada anterior, experimentó un agudo malestar tras la orden de atravesar el pecho de una liebre que se había detenido a unos metros de distancia. Era la primera vez que le dispararía a un ser vivo. Los solemnes trofeos de su padre parecían haber muerto de la manera más pacífica a pesar de las expresiones feroces de algunos, no atravesados por flechas ni desangrados en un charco tibio y oscuro que ensuciara sus hermosos pelajes. Sabía, sin duda, que fueron cazados, pero ser consciente de que el siguiente de la colección dependía de su puntería le reveló el proceso del que ahora formaría parte. Al disparar la saeta, ese malestar se combinó con una ligera sensación de poder que lo abarcó todo.

Hasta ahora, sólo había una muerte que aún le dolía recordar: la de una zorra del desierto a la que encontraron tirada entre las hierbas heladas y en cuyo abdomen notaron una gran protuberancia. Debía estar en la última semana de gestación. Su padre, sin inmutarse, sacó su navaja militar y la liberó de la hinchazón sin pensarlo dos veces. Brotaron cuatro pequeñísimos bultos en sus respectivas bolsas amnióticas que apenas se movieron. Néstor metió el cadáver de la madre en el costal, se puso de pie y se marchó sin decir una palabra.

Joaquín, aún inmerso en sus pensamientos, no pudo más que observar. Sabía que su padre no cambiaría de parecer sin importar sus objeciones, así que tomó uno de los bultos y lo escondió en su chamarra. Corrió enseguida tras él. Al llegar a casa y resguardarse en su cuarto, abrió el saco de líquido y observó durante varios minutos a ese indefenso ser. Lo lavó lo mejor que pudo en el cuarto de baño y lo guardó en una pequeña caja de madera recubierta por terciopelo rojo que antes albergó los puros de su padre, y lo colocó en uno de sus libreros, justo en el estante superior donde había escondido a dos gatitos de días de nacidos para que su padre no los encontrara, mismos que fallecieron por falta de oxígeno. Decidió conservarlos ahí a pesar de una leve pestilencia que desapareció con los días.

Lo que siempre estuvo presente en su memoria fueron los arcos y las ballestas cada vez más sofisticados que recibía durante cada cumpleaños y sus respectivas dianas en sus blancos de tiro, pero este año lo primero que vio al despertar fue un arma con mirilla decorada con un enorme moño azul al lado de una caja de municiones sobre su cama, junto a él. Ésta sería su segunda temporada de caza en época invernal y finalmente tendría oportunidad de dejar las flechas.

Al pasar tres semanas, Néstor le dijo a Joaquín que solamente darían una vuelta por la ciudad. Sería una noche especial en la que no estaba contemplada ninguna reserva ecológica. La diferencia más notoria con sus otras rondas nocturnas era el exceso de iluminación y los múltiples sitios que podrían —y debían— ser usados como escondites. Como en cada ocasión, Joaquín sabía que buscarían al mejor ejemplar de alguna especie.

Su padre condujo hasta una zona un poco alejada. Podía distinguir las siluetas de algunas mujeres de pie bajo la luz de las farolas públicas, rechazando la seguridad de las tinieblas. Algunas destacaban por sus movimientos nerviosos, otras se mantenían en el mismo sitio exhalando su inquietud en forma de humo. Se detuvieron a una distancia prudente, la necesaria para no llamar su atención.

Néstor se giró un poco hacia los asientos traseros para tomar algo. Cuando volvió a su posición, Joaquín vio que llevaba su nueva arma con mirilla en las manos. La ajustó en el ángulo preciso y le pidió que mirara lo que había enfocado. Joaquín movió un poco el arma y lo primero que vio fueron unos tacones altos y unas piernas torneadas. Fue subiendo hasta descubrir un cuerpo estilizado y enfundado en un vestido corto, rojo y brillante. Esa hermosa mujer le recordó a Asterión, el agotado minotauro, e imaginó que en realidad su redentor no debió ser un hombre, sino una centáuride que podría haber cambiado su percepción sobre la existencia solitaria a la que fue condenado.

Entonces su padre habló: «Joaquín, te traje hasta aquí por una sola razón. Sabes que tu madre nos abandonó y que mi hermana desapareció, pero no que llevo años buscándolas en estas malditas calles, y cada que creo tener la oportunidad de frenar su huida, lo hago. No me creerías la cantidad de veces que las he visto y les he disparado, y conoces mi puntería. Pero siempre regresan, siempre vuelven un poco cambiadas, aunque bajo todas esas formas siguen siendo las mismas. Ya tienes edad para ayudarme, quizá los dos juntos logremos atraparlas por fin. Tal vez este día sea el indicado, tal vez están esperando que seas tú quien las capture».

Con cada palabra algo dentro de Joaquín se transformaba. Sus ojos se humedecieron y varias lágrimas surcaron el rostro imberbe, y a los sentimientos ya conocidos se les sumó el privilegio de la venganza. El semblante de la mujer castaña que tenía en la mira poco a poco fue adquiriendo los rasgos difusos que llevaba en el recuerdo y que conservaban algunas viejas fotografías guardadas en lo más recóndito de la habitación de su padre. Bajó la ventana del auto lo suficiente para asomar la mirilla del arma y la volvió a enfocar. Accionó el gatillo y escuchó una discreta detonación al tiempo que su blanco se desplomaba.

Índice

Tusitala de óbitos se terminó de imprimir en abril de 2023
en Litográfica Ingramex, S.A. de C.V., Centeno 162-1,
Granjas Esmeralda, Iztapalapa, C.P. 09810,
Ciudad de México, México.